INTO SIGHT

8848.86M

在珠峰望

当人生置于希拉里台阶之上

何玉龙◎著

经济日报出版社

图书在版编目（C I P）数据

珠峰在望：当人生置于希拉里台阶之上 / 何玉龙著
. -- 北京：经济日报出版社，2023.4
ISBN 978-7-5196-1262-7

Ⅰ. ①珠… Ⅱ. ①何… Ⅲ. ①纪实文学—中国—当代
Ⅳ. ① I25

中国版本图书馆 CIP 数据核字 (2022) 第 249161 号

珠峰在望：当人生置于希拉里台阶之上

作　　者	何玉龙
策　　划	王　婧
责任编辑	王　婧
责任校对	温　海
责任印制	李如意
出版发行	经济日报出版社
地　　址	北京市西城区白纸坊东街 2 号 A 座综合楼 710（邮政编码：100054）
电　　话	010-63567684（总编室）
	010-63584556（财经编辑部）
	010-63567687（企业与企业家史编辑部）
	010-63567683（经济与管理学学术编辑部）
	010-63538621　63567692（发行部）
网　　址	www.edpbook.com.cn
E - mail	edpbook@126.com
经　　销	全国新华书店
印　　刷	天津图文方嘉印刷有限公司
开　　本	710 毫米 ×1000 毫米　1/16
印　　张	15.25
字　　数	215 千字
版　　次	2023 年 4 月第 1 版
印　　次	2023 年 4 月第 1 次印刷
书　　号	ISBN 978-7-5196-1262-7
定　　价	78.00 元

出版说明

《珠峰在望：当人生置于希拉里台阶之上》这部作品讲述了一名普通大学生成长为登顶珠峰的户外救援队教官的故事，并真实记录了发生于2019年5月珠峰攀登史上最严重的山难之一——希拉里台阶“大堵车”事件。这次“堵车”共造成了11名攀登者罹难，令人触目惊心。作者想将这段经历分享给喜爱户外登山的朋友——有梦想谁也了不起，但攀登的意义不只在于登顶，更在于攀登的过程。如果说成功登顶的人都是勇士，那么懂得撤退的人就是智者。

2023年是人类登顶珠峰70周年，也是中国人登顶珠峰63周年。探险作家乔恩·克拉考尔曾在《进入空气稀薄地带》一书中写道：“一旦珠峰被确认为地球的最高点，那人们决定登上它就只是时间问题。”19世纪末，攀登者们开始尝试攀登这座世界最高峰。20世纪20年代，真正的探险被拉开序幕，在新西兰探险家埃德蒙·希拉里首次成功登顶珠峰之前，这座世界最高峰曾有9次留下了人类的足迹。几百年来，攀登者们凭借勇气、耐力、技能和团队精神，不断地将自己推到极限，在追求自我实现的同时，也带来了新的科学发现。

本书作者作为一名90后户外探险爱好者，他在书中以亲身经历呈现了从计划到准备攀登珠峰，从身体素质到攀登技术，再到心理素质的全方位历练过程，是献给每一位热爱登山的人的书。同时，通过作者的故事，书中还表达出一个核心理念——无论你是否热爱登山，攀登精神始终都在激励着我们，愿每个人都能登上心中那座“珠峰”，奔赴山海，不负热爱。

编者

2023年3月

❻ 峰顶
希拉里台阶（海拔 8790 米）
❺ C4 营地（海拔 7906 米）
❹ C3 营地（海拔 7158 米）
❸ C2 营地（海拔 6474 米）
❷ C1 营地（海拔 6035 米）
昆布冰川
❶ 大本营（海拔 5364 米）
珠峰南坡

希拉里台阶

希拉里台阶是登顶珠穆朗玛峰的最后一道关卡，海拔8790米，位于珠峰东南侧，高约12米，是一处近乎垂直的岩石断面。因新西兰登山家埃德蒙·希拉里于1953年第一次征服它而得名。

2019年5月的珠峰攀登季，希拉里台阶“大堵车”事件共造成了11名攀登者罹难。作者因借助熟练的攀冰技术，从侧道超越希拉里台阶的拥堵人群而成功登顶。

山，无处不在。

人和山一旦相遇，就会有伟大的事情发生。

我深知，在我的生命中，登过珠峰，
还会有下一座山。

你的山，又是哪一座？

探险与救援的两极

作为蓝天救援队骨干成员，

他在各种灾难和危机前竭尽可能地挽救生命，曾参与尼泊尔8.1级特大地震、河南省特大洪灾、柬埔寨国际疫情援助等国内外救援100余次。

作为户外极限运动爱好者，

他攀岩攀冰、滑翔滑雪、探洞潜水，上天入地、无一不通。

他，是何玉龙。

2017年2月，

徒步穿越南美洲亚马孙热带雨林无人区中国第一人；

2018年9月，

成功攀登世界第七高峰马纳斯鲁峰；

2019年5月，

成功攀登世界第一高峰珠穆朗玛峰；

2022年12月，

54天徒步横穿塔克拉玛干沙漠……

幸存者的自白
——亲历珠峰“大堵车”事件

2019年5月，何玉龙在攀登珠峰过程中遭遇了珠峰攀登史上最严重的山难之一——希拉里台阶“大堵车”事件。这次“堵车”造成了11名攀登者罹难，令人触目惊心。作者想将这段特殊的经历告诉给喜爱户外运动的朋友——有梦想谁也了不起，但探险不是冒险，比登顶更重要的是安全下山。本书以作者的亲身经历呈现了从梦想到准备再到登顶，从身体素质到攀登技术再到心理素质的全方位历练过程，这是献给每一个热爱登山的人的书。同时，书中还表达出一个核心理念，无论是否热爱登山，攀登精神始终都在激励着我们，愿每个人都能登上心中的那座珠峰。

寻找失落的世界
——亚马孙热带雨林无人区徒步穿越

2017年2月，何玉龙作为Harbor House Life全球免费招募成员之一，完成了南美洲亚马孙热带雨林无人区的徒步求生之旅。原始神秘的热带雨林，危险重重的生存考验，听天由命的觅食法则，终极惊险的飞瀑绳降，作为在世界单级落差最大的瀑布“圭亚那凯厄图尔大瀑布”首次完成绳降的4人之一，何玉龙最大的收获便是发掘到了自己无限的潜能。

一名户外人的救援人生

蓝天救援队自2007年成立以来，义务参与国内外众多大型灾难救援。作为蓝天救援队的骨干成员，何玉龙参与公益救援10余年来，始终遵循蓝天救援队“人道、博爱、奉献”的志愿精神，依靠多年积累的户外本领与救援技术，在各种灾难和危机面前竭尽所能地挽救生命。

谨以本书纪念
曾经并肩奋战的队友

丹·卡什（Don Cash）

阮凯（Khai Nguyen）

李渊

王学峰

吉米·唐（Jeremy Tong）

米尔扎·阿里（Mirza Ali）

帕桑·天井（Pasang Tenje）

……

愿每个人都能登上心中那座“珠峰”，

奔赴山海，不负热爱。

丹·卡什（Don Cash）

美国人，作者攀登珠峰时的亲密队友，软件工程师，已经完成六大洲最高峰的登顶与南北极徒步。2019年在珠峰攀登过程中遭遇“希拉里台阶大堵车”事件，因等待时间过久而突发心肌梗死，永眠于珠峰之上。

阮凯（Khai Nguyen）

美籍越南人，作者攀登珠峰时的亲密队友。任职于美国高盛集团，也是足迹遍布100多个国家的背包客，攀登珠峰为其梦想之一。2019年攀登珠峰时，因派出自己的夏尔巴向导救援印度麻醉师而放弃登顶。

李渊

中国登山家，在新疆经营一家登山公司。作为中国登山界的前辈，李渊攀登的山峰已经超过100座。他是作者攀登珠峰时的重要伙伴，曾带领作者在海拔5200米的地方进行“冲坡训练”，帮助作者的身体恢复正常心率值。

王学峰

中国高山摄影师。2019年攀登珠峰时虽与作者不属于同一个登山公司，但在珠峰大本营朝夕相处的日子里成为好友，与作者在希拉里台阶至冲顶的途中擦肩而过，相互勉励。

吉米·唐（Jeremy Tong）

新加坡人，中学教师，闲暇时热爱登山并担任登山领队，体能强悍，于海拔 6500 米还能拥有普通人在平原的心跳和血氧数值。2018 年攀登珠穆朗玛峰冲顶失败，2019 年再次攀登珠峰，成功登顶。

米尔扎·阿里（Mirza Ali）

巴基斯坦人，在巴基斯坦经营一家登山公司，此前曾资助自己的妹妹攀登珠峰。2018 年攀登珠峰冲顶失败，2019 年再次攀登珠峰并成功登顶。

帕桑·天井（Pasang Tenje）

尼泊尔夏尔巴人，作者攀登珠峰时的高山向导。曾与作者一同经历“希拉里台阶大堵车”事件，因面罩氧气阀门堵塞险些遭遇意外。每一位成功的攀登者，背后都不乏夏尔巴人的托举。作者在书中写道，赞誉、鲜花与掌声不应只为攀登者而存在，夏尔巴向导也应该被尊敬、被记得。

推荐序一

人生如登山

王石
万科集团创始人
万科公益基金会理事长

20年前，我52岁，在经历了艰难跋涉的攀登后，于2003年成功登顶珠穆朗玛峰；10年前，我曾为美国探险作家乔恩·克拉考尔的畅销书《进入空气稀薄地带》的中文版写下一篇序文。

20年过去了，当这本书的作者，一位登顶珠峰的90后小伙子找到我写推荐序时，仿佛又把我带回了当年攀登珠峰时的场景。

山，无处不在。在我看来，世界上最难攀登的山，其实是自己。往上走，即使是一小步，也有新高度。我在第一次攀登珠峰的时候，并不被大家看好。但最后，我不仅成为7名队员中登顶的4名之一，而且全队中只有我没有受伤。我的生活阅历与意志力让我以更专注和谨慎的心态去攀登，才能以52岁的年纪成为当时国内“登顶珠峰的年龄纪录保持者”，7年后我再次刷新了自己的记录。现在很多人问我还准备再登吗？我说，人类现在登顶珠峰的年龄记录是80岁（2013年由日本人三浦雄一郎创造），我现在计划在81岁时再登一次。

当何玉龙联系到我为这本书作序时，我得知了这个小伙子的故事。他在书中描述了与珠峰的第一次相遇，那一眼万年的感觉使我想起我在1997年进入藏区时，第一次看到珠峰时内心的激荡。我相信热爱攀登的人面对珠峰，都有一种想要离它更近一点的渴望，这是一种来自灵魂的呼唤，一个想要去完成的梦想；当看到他因罹患“雷诺氏综合征”而被医生诊断无法攀登4000米以上雪山时的绝望，也便想起了我1995年被诊断“腰椎血管瘤”后无法正常运动时的慌张，但因为对珠峰梦想的坚守，我们都战胜了命运所开的“玩笑”。

梦想固然珍贵，日复一日的坚持更是难能可贵，攀登珠峰往往要付出常人不可想象的坚持与努力。在无数个平凡的日子里保持对自身的高标准训练要求，保持着这份激情，坚守着梦想，才成就了每一个登顶人。

1998年春，我来到北京市怀柔区国家登山训练基地进行攀冰训练。攀登雪山不是一件容易事，攀登者不仅要掌握攀登和攀冰技巧，更要带足装备，以保证在寒冷雪峰上的生存。为了登顶珠峰，我努力地去适应负重，接受了系统的训练后，便循序渐进地进行挑战，从1999年到2003年之间，我总共攀登了13座雪山。

2003年5月，52岁的我向珠穆朗玛峰进军了。至今我仍然记得，在离登顶不足千米的第三台阶时，因为氧气不足胸腔里那种要爆炸的感觉，当时我脑子里只有登顶这一个信念，几乎是凭借意志力登上了峰顶。在峰顶，我以为出了太阳，暖意慢慢从后脑勺蔓延到全身，有一种无比美妙和幸福的快感，后来才得知，那是缺氧导致的幻觉，十分危险。那一次登顶珠峰也让我意识到：登山，仅仅凭勇气远远不够，正如何玉龙在这本书中所言，能力范围之内的挑战才是探险，比起登顶，为之准备并坚持的几年或许更难。

人生如登山，很多时候，遥看目标高不可攀，但每向前一步，也就距离目标更近一步，每一步，都是人生的新高度。真正的成功并不是谁比谁更厉害，而往往是谁始终在专注、在坚守。现在很多人不是没有选择，而是选择太多，我的体会是：一是做喜欢的事情；二是一定坚持长期主义；三是再坚持一下，失败了又何妨？

何玉龙让我欣赏的地方在于，他不仅是一个为梦想去努力的人，更是一个有社会责任感并为之坚持的人。能在如此年轻的年纪参与蓝天救援队十余年，为中国乃至世界的公益事业奉献青春和热血，在危机和灾难前竭尽可能地挽救生命，这何尝不是一种现代“英雄主义”？

希望阅读这本书的朋友能够通过他和珠峰的故事找到自己的热爱并为之坚持，无论你是否爱好登山，攀登精神始终都在激励着我们。生命短暂，生命的精彩永恒，愿每个人都能登上心中的那座“珠峰”。

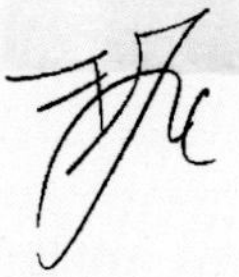

2023年2月

推荐序二

生命因梦想而沸腾

夏伯渝

中国无腿攀登珠峰第一人

在我26岁时，与珠峰不仅失之交臂，还因此失去了双脚。直到69岁应该颐养天年的时候，我才终于在历经五次攀登失败的磨砺之后，成功地站在了珠峰之顶。我的梦想跨越了43年才得以实现，所以，当何玉龙来找我写推荐序时，其实我更多的是羡慕这个年轻的小伙子。

羡慕他在29岁便完成梦想，羡慕他出生在一个更好的时代，可以通过各种形式去记录他的攀登故事，羡慕他能以年轻人的身份去身体力行地传播正能量。

之所以写下这些文字，不仅因为我们曾经拥有共同的梦想，也因他在人生最值得拼搏的年纪，没有被外界的浮躁所诱惑而放弃追梦。

我出生于重庆，7岁时跟着父母来到青海。20世纪70年代，国家登山队选拔队员，命运的安排让我接触了登山运动，但我万万没有想到，1975年，我攀登的第一座山峰就是世界最高峰——珠穆朗玛峰。

第一次见到珠峰，我被深深地震撼了，她雄伟、壮观，让人着迷，但在攀登过程中，我们却感受到了前所未有的艰险与磨难。记得我和队友攀登到海拔8600

米时，遭遇暴风雪，不得不下撤，我的双脚也因此被严重冻伤。几天后，我躺在医院等待截肢手术时，从收音机里听到了队友登顶的消息，悲喜交加。

截肢的经历对我的打击很大，想到后半生只能在轮椅上度过，我一度对生活失去信心。直到遇到一位德国假肢专家，我的希望之光才被重新点亮。从那时起，再登珠峰便成了我的奋斗目标，珠峰虽然夺去了我的双脚，但没有夺去我对登山运动的热爱。

此后的43年，我四次冲向珠峰，可命运开了一次又一次的玩笑，山难、地震、天气突变，次次险境逃生，次次奋起再战。直至2018年的第五次攀登，珠峰终于接纳了我。

这些年来，我看过了一代又一代人的成长，本以为时代不同、追求不同了，但当我看到大龙，看到他依靠厚积薄发的毅力实现了梦想，并十年如一日地投入到蓝天公益救援之中，我才知道，任时代如何变迁，总有年轻人在坚守着珍贵的品质。

大龙与我讲，他写这本书的初衷，不仅是记录他攀登珠峰的故事，给同样热爱攀登的户外人一个指引；更多的是希望真实地展现出梦想实现的过程，也许你不热爱登山，但相信每个人心中都有一座“珠峰”，希望攀登精神能够激励到你。

如果你正在追梦的路上遭遇挫折，如果你因看不清前路而陷入迷茫，那么希望这本书能带给你一些力量，希望我和大龙的故事能帮助到你。力量源于生命，梦想可以沸腾。

2023年3月

推荐序三

探险的信仰

王静
探路者创始人/登山家

当我在塔克拉玛干沙漠见到已经徒步了48天的大龙，并得知他即将出书讲述自己2019年攀登珠峰的故事，我真切地为他感到高兴。这一次在沙漠里的100公里同行，让我了解到了这个小伙子的顽强，同时，他对生活的热爱和不畏艰难的乐观精神更是给我留下了深刻的印象。

热爱极限运动的人是有信仰的。

信仰是支撑我们无论遇到多大的困难，都可以坚持往下走的原动力。我看到肆虐的风沙凶狠地刮在眼前这个小伙子的脸上，他年轻的面庞因为常年进行户外运动而留下了许多大自然带来的烙印，那疲惫却坚毅的眼神告诉我，我们都有着同样的信仰。信仰支撑他成功登顶珠峰，并从那场“大堵车”事件中死里逃生，也让他今天得以在严寒的冬季行走于渺无人烟的塔克拉玛干沙漠无人区，进行为期70天的沙漠穿越徒步。这着实让我钦佩，不知未来他还会干出怎样惊天动地的事情。

户外运动是快乐的，但很多时候，户外运动面临的环境更是危险与残酷。当你经历过大自然的洗礼，甚至是亲密队友间的生离死别，人生中的许多困难也便云淡风轻。

热爱户外运动的人总是格外乐观和热爱生活，我们得以见到世界上难得一见的美景，每一天都在战胜自己，总有新的目标等着大家去探索，人生因此而充满无限可能。大龙与我，和许多行走在路上的户外爱好者一样，都拥有对与未知世界的强烈探索欲，以及对美好生活的热爱与向往，希望我们对世界之爱，对自然之爱，对生活之爱可以感染更多的人，传递更多的温暖与正能量。

2023年3月

推荐序四

探险，永不止步

韩勃
中国探险协会主席

登顶世界最高峰——珠穆朗玛峰，几乎是每一个探险者的梦想。但珠峰的巍峨高耸与那里的极端天气，拦住了许多探险者返程的路。这里上演过无数惊心动魄的故事，有人登顶成功，完美凯旋；有人却永远地留在那里，带给家人无尽的悲伤和缅怀。

是的，珠峰实现了很多攀登者的梦想，也埋葬过很多探险者的生命。特别是2019年的攀登季，发生了珠峰攀登史上最为严重的山难之一——“希拉里台阶大堵车”事件。当我看到那些珠峰“拥堵”的镜头，着实为大龙的安危担忧。他还那么年轻。但这个29岁的年轻人，却用他的专业和毅力成功“超车”，实现了自己的梦想。

中国探险协会作为国家一级社团、探险产业的行业协会，深耕行业30年，吸纳了探险界众多优秀的探险家，他们在各自的领域熠熠生辉。大龙作为中国探险协会最年轻的理事，既是协会对他本人的认可，也是协会对新一代年轻探险家的鼓励。

“探索，发现，挑战”是中国探险协会的slogan，大龙则身体力行地践行着这一理念。

探险是人类最高级的精神追求之一，但探险不是冒险，探险者挑战的是自我，而不是大自然。这一探险理念为中国探险协会所倡导，也是大龙一路坚守的信念。大龙不但是户外极限运动的爱好者，也是一名蓝天救援队的成员。户外探险是他的追求和理想，应急救援是责任与担当，这些理想、追求，成就了户外探险领域一位年轻有为的救援专家。

这本书记录了大龙从怀揣梦想到登顶珠峰的过程，也有对攀登初学者的指导和珠峰绝美的风景。虽然这并非一本专门讲授户外知识的书籍，但足以激发你对户外探险的兴趣。

“无限风光在险峰”，探险珠峰是大龙探险人生所迈出的一大步，也是更多年轻探险者进阶的一大步。

探险，永不止步。愿各位爱好户外探险的朋友在下一个顶峰相见。

2023年3月

前言

山，无处不在

五月是珠峰的黄金登山季，横亘万年的冰川，蔚蓝如洗的天空，晶莹剔透、相互辉映。在我眼前呈现的是一个耀眼夺目的冰雪世界，冰雪本身也形成了一道巨大的屏障，想要逾越，困难重重。

身着厚实的连体登山服、沉重的登山靴，全副武装的我此刻攀登得异常辛苦。

冰镐被我紧紧地握在手中，也许是紧张的情绪形成了机械式反应，这种紧握的状态一刻不敢松懈。我艰难地一边用冰镐砸下坚实的一记“重拳”，一边步履蹒跚地迈开如灌了铅般沉重的腿，手脚并用，一步步向上艰难攀登……

峰顶在哪儿？

感觉它近在咫尺，又远在天边。

回头一看，我着实倒吸了一口凉气——天！原来我已经登了这么高！

整个身体几乎悬在半空，脚下是万丈深渊，身体两侧坚硬无比的冰川裂缝也同样深不可测，光滑的冰面反射出刺眼的光。我知道，我随时都有掉下去的可能。

▲ 攀登于珠峰冰壁上的“杂技演员”

此刻的我并不像英勇无畏的攀登者，倒像一个在空中踟蹰不前的杂技演员，一个不得不在冰壁上表演的“尴尬舞者”。我情不自禁地哆嗦起来，毛孔已经全部张开，心脏快速跳动得仿佛要从嗓子眼儿蹦出一般！即便是勇猛的战士也会止步不前，这种自然反应和怯懦无关。光是凝视，也会让人产生一种迅速向下坠落的错觉。而此时，我正凝视着深渊，万丈深渊也在凝视着我。

慌乱之中我迅速抬起头，迫使大脑清醒，再次用冰镐牢牢“抓”住山体，费了九牛二虎之力才将身体贴到倾斜度至少七十度的冰面上，而呼啸的狂风愈发凄厉刺耳，向所能触及的一切宣泄着它疯狂的力量。冰镐所凿之处的冰面瞬间碎裂成无数个小块，冰块随着剧烈的风大把大把地飞向空中，有的像沙尘一样狂暴地席卷着整个冰面，有的像石子一样劈头盖脸地砸向我。

脸被砸得生痛，风过之处仿佛刀割，脚也感到冰冷异常，但是，为何我的手指没了知觉？

固定好身体的位置，我忍不住在寒风中脱下手套，所有手指已经发黑——最担心的事情还是发生了，我的手指保不住了！霎时间，眼前一片昏暗，意识也几近空白，未等作出反应，我已直直地坠入深渊，越坠越深……

“啊——”。

我大汗淋漓地猛然睁开双眼，环视四周，暖色的窗纱映入眼帘，我将手慢慢抬起，温柔的月光从指缝透出——原来又是一场梦。

梦境如此真实，不禁让我回想起攀登珠峰的点点滴滴，这些记忆仿若烙印一般，早已烙入我的脑海和内心。珠峰攀登归来后，我常常做这样的梦，有时是与队友们围炉畅谈，有时是困在希拉里台阶的绝望时刻，有时是攀登过程中所经历的重重困难与意外。

与其将记忆留在梦中，不如将这些故事记录下来。除却对过往的纪念，也想给正在追梦路上的朋友哪怕一点信心，这是我的初衷。

不断攀登，不断向上。

我按捺不住年轻的野心，定下了30岁之前登上珠峰的目标。儿时的梦想难以磨灭，再多的规劝与理智也无济于事。我知道在我的生命中，从没有像渴望攀登珠峰一样渴望做一件事，并为这个梦想坚持了整整5年。

户外运动改变了我的整个人生。

攀登珠峰，是人类超越自然极限的杰作，也是我超越自己人生的梦想。世界上99.9999999%的人不会选择攀登珠峰，但作为一个户外运动爱好者，我选择了这份挑战。

登珠峰难吗？说难，也不难。不难是因为，这是我感觉很舒服的一次爬山。每天按照计划攀爬，完成当天的行程后，该吃饭吃饭，该睡觉睡觉，看着雪山，喝茶聊天，没有手机信号，没有世事纷扰，攀登珠峰的这段时间是这些年来难得清净和纯粹的时光。

说难是因为在攀爬珠峰之前，需要经历数年的筹备，通过一件件小事去准备、积累和坚持，“九层之台，起于垒土”，这个过程可能难过攀登珠峰本身。

2019年5月22日早上5点10分，在挤满了攀登者的海拔8790米的希拉里台阶上，我足足站了将近一个小时，不能动弹；在只有不到50厘米宽的小路上，左手边是万丈悬崖，右手边是约2米高的冰墙，我与上下山的攀登者们拥抱式地擦肩而过。在这条极为狭窄的登顶必经之路上，那天凌晨集中了大约200人，造成了珠峰“大堵车”事件。

在我下山时，希拉里台阶的拥堵还在继续，短短的200米路却要走上一个多小时。下山比上山更恐怖，下山走外侧，靠近万丈悬崖，每迈出一步都需要拿出足够的勇气，掌握好平衡。数百次的擦肩而过，每一次都让我惊心动魄，然而当时的我还完全不知道，我正在经历着珠峰登山史上最严重的山难之一。

▲ 登顶的途中，挤满了攀登者

8个小时后，我筋疲力尽地回到C4 营地，得知我的队友丹·卡什（Don Cash）永远地留在了刚刚发生“堵车”的珠峰之上，我与他的那一次擦肩而过竟成了永别。

是的，2019年珠峰攀登季，发生了历史上最严重的山难之一，导致14人遇难。我所在的南坡死亡12人，北坡死亡2人。在我的队伍中，队友丹永远离开了我们，其余3名队友面临不同程度的截肢，1名队友患上雪盲症。

一向自认为坚强的我瞬间破防，登顶的过程再艰难、再绝望，我都一直坚韧地支撑着，但得知这个消息的瞬间，我号啕大哭，我在打给母亲的电话里哭着说：“我再也不想登山了。”

其实危险早在预料之中，但为什么非要攀登珠峰？

这个问题被一次又一次地提出、回答，有太多精彩答案，包括我的偶像、最伟大的登山家乔治·马洛里（George Mallory）的回答，但那些都不是我想说的。

在户外探险爱好者的身份之外，我已经在蓝天救援队从事了10年的救援工作，对生命保有太多的唏嘘与敬畏。而我认为的“敬畏生命”，是尊重生命里的每一秒，珍惜生活中的每一秒，思考当下的每一秒。我花了5年时间准备攀登珠峰，这个目标让我的“每一秒当下”都弥足珍贵。

与我一同攀登珠峰的队友，有人永远地留在了山上；有人在前一年几近登顶，但因体力不足而选择放弃，今年终于登顶成功；也有人在冲顶的最后关头，不得不接受向导的救援；还有人爬了三次珠峰未果，准备明年再战。而初次攀爬便成功登顶的我，同样也有“这次绝对上不去了”的绝望时刻。

每一种考验，都是在和自己过往人生积累的经验、教训、信仰与价值观对话。“登山如人生”，经历过攀登珠峰的我终于理解了这句话。

无畏向上，绝不循规蹈矩——这是我的态度。

能力之内的挑战才是探险——这是我的原则。

▲ 五月是珠峰的黄金登山季

登上珠峰，是我送给自己的30岁礼物，也是我交给人生的一份阶段性答卷。我很愿意与所有心中有光、仍有梦想的朋友分享这段经历。

山，无处不在。而人和山一旦相遇，就会有伟大的事情发生。

面对珠峰，面对极限，面对痛苦与挫折、贫穷或疾病、失去或遗憾，珠峰始终是激励我的那座山。我深知，在我的生命中，登过珠峰，还会有下一座山。

你的山，又是哪一座？

▼ 横亘万年的冰川，蔚蓝如洗的天空

INTO
SIGHT
目录

PART 1
珠峰“大堵车”与山难

002 当人生置于希拉里台阶之上
010 幸存者的自白

PART 2
在路上遇见梦想

024 一个“不安分”的人
031 偶遇珠穆朗玛
036 雷诺氏综合征
041 寻找失落的世界
050 底线是“掉三根手指”
054 最后一个障碍

PART 3
再赴神秘国度

060 异乡的邂逅
069 重拾珠峰梦
073 闲逛加德满都
076 夏尔巴式的EBC徒步环线

PART 4
珠峰“露营”记

092 珠峰是个“联合国”
100 大本营“初体验”
112 正式拉练

PART 5
冲顶

124 窗口期来了!
126 昆布冰川——“恐怖冰川”
136 最后24小时
139 崎岖登顶路
155 难以置信的死讯
162 回到大本营

PART 6
我的生活在别处

168 抵达梦想后的迷茫

173 探险与救援的两极

180 致敬夏尔巴人

186 你的山，是哪一座？

PART 7
附录：珠峰攀登清单

191 技能篇

200 装备篇

204 经费篇

PART 1

珠峰“大堵车”与山难

那一瞬间我体会到了这次探险的至暗时刻——丹被确定已经死亡，永远地留在了珠峰上。据说他因为在希拉里台阶等待时间太久，途中突发了心脏病。虽然夏尔巴领队竭力抢救，但是在海拔8000米以上的空气稀薄地带，最终还是无力回天。

当人生置于希拉里台阶之上

有些故事终将被遗忘，有些故事却被铭记终生。

此刻，我已经在海拔8790米的希拉里台阶上等待了40分钟，前方的队伍依旧行进缓慢。

这大概是我人生中最漫长的40分钟——每一分钟都过得如此煎熬，氧气面罩上的冰越来越厚重，为了不被冻伤，我用微薄的意识让自己的手脚不断地攥紧、松开，过了也许有半小时，我放弃了，只能使劲地用手敲打着自己的大腿，我的反应越来越迟钝，手脚也越发没了知觉。

零下40摄氏度的极寒气温、渐渐用尽的氧气都在提醒我，如果再等待下去，后果将不堪设想。耳边除了阵阵呼啸的寒风声，父母的叮咛声也渐渐变得越来越清晰。

冲顶日前，我给父母打了一个电话。“儿行千里母担忧”，何况这是一次有生命危险的挑战。而能否登顶成功，全看这两日是否行进顺利了。

▲ 夜晚出发的我们戴着头灯在黑暗中摸索前进

晚上8点的C4营地，灯火通明。也许是在海拔约7900米的缘故吧，夜空的繁星好像就在头顶，看起来格外明亮，也预示着今天是个冲顶的好日子。

领队再次和我们强调了安全问题，检查好氧气瓶、面罩等装备后，队友们互相拥抱了许久，算是对彼此的鼓励与祝愿。当然，也有大家心照不宣的不舍，因为谁也不知道，这一天将会面临什么。

我怀着激动、期待、紧张等纷繁复杂的心情出发了。C4营地处于海拔约7900米的位置，此处的氧气含量只有北京的1/3，攀登者不仅要接受稀薄空气的挑战，还要面临七级以上疾风夹杂着冰雪，像鞭子一样在脸上、身上抽打着。穿着厚重的登山服和登山靴，我每走五步都要大口地喘息一次，每个人都开始对氧气都变得贪婪，仿佛它是世间罕见的珍贵宝物。

为了赶在窗口期冲顶，夜晚出发的我们戴着头灯在黑暗中摸索前进。远远望去，在陡峭的雪山之上，一顶顶头灯在缓慢地移动着，仿佛有一股力量伴随着强

▲ 陡峭的雪山之上，一顶顶头灯发出微弱的光

烈的光亮，要从山体中喷薄而出。

可珠峰先给我们来了个下马威。希拉里台阶上长时间的等待让我越来越焦躁不安，我是来攀登珠峰的，而不是在这等待死亡的降临，我答应过父母一定要平平安安地回去。

前后方都排着长队，一面是万丈悬崖，一面是冰岩结合的断面，断面之外又是悬崖。向上攀登和下撤的人们拥挤在一条约50厘米宽的通往珠峰的极限之路上，让这条路拥挤万分。

面对就在前方不远处的珠峰峰顶，想着我在30岁前许下的心愿，来不及过多思考，我必须赌一把了，也许成功与失败、生与死就取决于这一瞬间。于是，我拍了拍前面停止不动的印度姑娘的肩膀说："快走、快、快！"印度姑娘瞬间扭头，问我："告诉我，该怎么走！"至今我还依稀记得她略带愤怒和绝望的表情。

没有路，该怎么走？

那就开辟出一条属于我自己的路。

幸亏以前有专门针对攀冰的技能训练，让我多了一份信心和把握。我一手扶着冰壁，一手操作着主锁，借着冰爪踢向冰壁的力，顺利完成了"超车"。

因为这段"超车"，我远离了危险，于2019年5月22日早上8点18分，成功登顶了世界最高峰——珠穆朗玛峰，那是我抵达过的地球最高处，也是我对热爱户外运动的最好的诠释。

曾经，我无数次想象登顶珠峰后会如何激动地泪流满面，可站在峰顶的那一刻，我却异常平静，甚至好几分钟都不知道自己在思考些什么，我仿佛按部就班地登上了峰顶，一切自然而然又如坠迷雾。我激动地想哭，但似乎因为缺氧，大脑反应迟钝，也或许因为气温太低，我还没来得及感受到兴奋，冷空气就把眼泪冻住了。地球海拔最高处的空气稀薄且寒冷，吸进去的每一口气都冷得彻骨，肺部在努力地运转，大脑也跟不上节奏，后来我回看当时录制的一段视频，语无伦次，磕磕巴巴，不知是因为冻得哆嗦，还是迟钝的大脑跟不上嘴巴的速度。

那一刻，我只想赶紧下山，赶紧回家。

回去的路同样充满着坎坷，在希拉里台阶依旧排着很多准备冲顶的人。

从1953年5月29日第一次登顶珠峰，人类在这将近70年中总结了很多经验，尤其是在珠峰天气的预测、攀登技术和装备方面都有了很大的进步。每年5月15日至25日左右是冲顶的最佳时间，这段冲顶的最佳时间被叫作“窗口期”。我们选择5月21日晚上开始冲顶，那天天气很好，22日早上的风速是15km/h。往年的窗口期有六七天，但受印度洋过来的高压气旋影响，2019年的登山窗口期缩短了，只有两三天，如果不趁着这几天冲顶，这一年就不再有机会。

发生“堵车”还有另外一个原因：攀登者人数众多。2019年攀登尼泊尔珠峰南坡的人数是近年来最多的一次，攀登人数约有300人，其中来自中国的有40

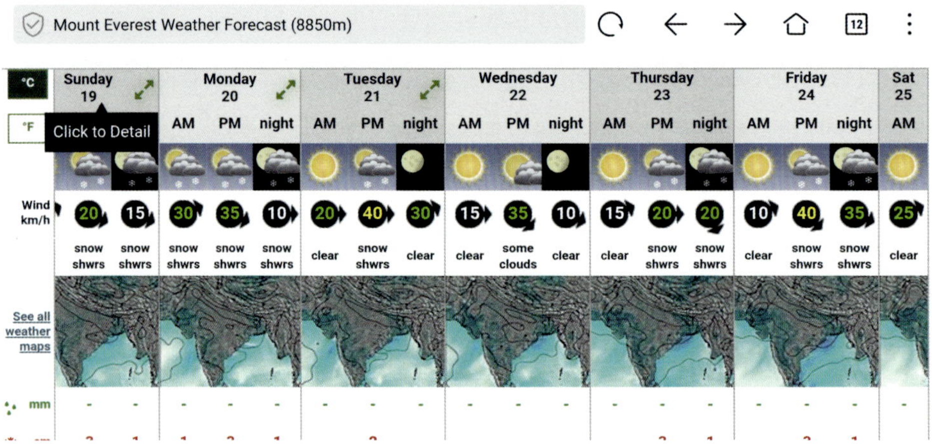

▲ 每年5月15日至25日左右，是冲顶珠峰的最佳“窗口期”

▲ 如果不趁着“窗口期”冲顶，则一年之内很难再有机会登顶珠峰

▲ 拥堵的希拉里台阶，焦灼等待的攀登者们

人。攀登人数的增加，窗口期的缩短，再加上有些攀登者的技术与体能不够，造成了这次珠峰“大堵车”的发生。

在海拔8400米的换氧气的“阳台”，我碰到了队友丹，简单地和他打了招呼，祝他好运后就一心想着尽快下山，却未曾想到这是我们的最后一次见面。

虽然我登顶成功，但返回到海拔约7900米的C4营地时，我被队友意外离世的消息彻底击中神经，陷入崩溃了。那一瞬间我体会到了这次探险的至暗时刻——丹被确定已经死亡，永远地留在了珠峰上。据说他因为在希拉里台阶上等待时间太久，在路上突发了心肌梗死。虽然夏尔巴领队竭力抢救，但是在海拔8000米以上的空气稀薄地带和恶劣环境下，最终还是无力回天。

关于我们队伍的噩耗也接连传来：一名印度队友被困在海拔8600米处，由于体力不支而无法下撤，最终一名越南队友放弃了今年冲顶的机会，让自己的夏尔巴向导前去参与营救，而另一名印度队友，也只能截肢保命。

登山季就这样结束了。

这一次，发生了历史上最严重的珠峰山难之一。所有登山队共有14人遇难，而我的队友1人遇难、3人截肢、1人患上雪盲症。

这是我引以为傲的户外经历，却也成为我心中不可磨灭的灰色记忆。

▲ 带给我“骄傲经历”与“灰色记忆”的珠峰

幸存者的自白

我是一名幸运者，成功登顶了珠峰。

我也是一名幸存者，我与这场山难擦肩而过，却永远地送走了朝夕相处的队友。

时至今日，虽然已经过去了几年时间，但攀登过程中遭遇的点点滴滴却仍历历在目，甚至经常出现在我的梦中。

如果一切都是一场梦，那该有多好。

期待已久的2019年珠峰登山季如期到来，珠峰大本营陆陆续续入驻了全球各国的户外攀登爱好者，大家虽然语言不同、肤色不同、信仰不同，但都有一个共同的目标，那就是登顶近在眼前却几乎“高不可攀”的珠峰。

看似平静的天空、欢快的气氛，感觉与往年应该没什么不同，我也很快地融入了大本营的拉练生活中。

▲ 2019年5月，与队友在攀登珠峰途中

可谁又会想到，有些人却在登山季结束时永远地留在了这里，终年长眠于雪山之上，伴随着他们的，是曾经为梦想而付出的努力、闪耀过的人生、终年不融的积雪、如刀割般的刺骨冷风。

我们都叫他丹——一个来自美国的酷老头。“受伤可能永远是攀登高峰的一部分”，他十分热衷和队友分享在麦金利山的攀登经历。第一次见面，他就向我展示脖子上挂着的特殊“饰品”——他的三根手指。在那场暴风雪中，他失去了3根手指。那本来是应该被焚烧掉的手指，但他跟医生求来做成纪念品——3根断指泡进福尔马林，经过脱水处理，再涂上明亮的虫胶清漆。最后，打上孔，由一条银白色金属项链串起来，把它们像一座座小山一样排列好，挂在胸前。

他的梦想是完成“7+2”的壮举。“7+2”是户外圈一项著名的探险活动，指攀登世界七大洲最高峰，并徒步到南北极两极点。这9个点是地球上各个坐标系的极点，代表着户外徒步与攀登领域极限探险的最高境界，目前世界上完成此项挑战的只有20人左右。

丹已经完成了六大洲最高峰的登顶和徒步南北极，虽然在这个过程中失去了3根手指，他却一直没有放弃。珠峰是他梦想的最后一站，也成了他永远的“归宿”。

我和丹在一个团队相处了55天，一起吃饭、训练、谈天说地。他还会几句中文，据说是20年前在台湾生活的时候学习过。我们分享着各自的经历，分享着那些内心的憧憬或痛苦的过去。但遗憾的是，在海拔8400米的换氧平台，“祝他成功”的那个招呼，竟成为我们的最后一别。

▲ 丹向我们展示他的“特殊饰品”——在户外攀登和徒步南北极过程中失去的“三根手指”

当年，珠峰“大堵车”事件甚至上了热搜。网上很多人调侃着，连珠峰都“堵车”了，他们却不知道那是一场生死考验，有人幸运通过了考验，有人却永远成了别人的回忆。

“能把丹的遗体运下山吗？”我问。

“可以，要100万美元。”登山公司回复我。

珠峰地势险峻、空气稀薄，随处可见冰川、冰坡、冰塔林和冰陡崖，高达数十米；到处暗藏着冰裂缝，稍有不慎就可能随时威胁每个攀登者的生命。在海拔8750米处，稀薄的空气无法为直升机的螺旋桨提供支撑力，运送他的遗体至少需要组织四五位夏尔巴人上山，这相当于又一次登顶。而且在海拔超过5000米的极度寒冷和缺氧的状况下，一个人徒步便相当于负重40公斤前行，更何况是在海拔8000米以上拖拽一个成年人？并且攀登窗口期也即将结束，再上山面临的危险不可预估。

唯一被带下山的，是丹那部随身携带的手机，里面记录了他攀登珠峰的全过程。

“宁愿死在山上，也不愿死在病床上。或许，能永远地留在自己的梦想之地，也是对他的一种慰藉吧。”这是事后丹的女儿接受采访时的一段话。

多年来，珠峰上不知留下了多少遇难者的遗体，其中比较著名的有“绿靴子”“睡美人”“休息者”等，他们在攀登珠峰的必经之路上，成为大家心照不宣的“路标”。我经过时，刻意不让自己去看他们——那种心情是复杂的，不忍看，也害怕直视，既有对他们的尊重，也有对自己的担忧。

作为一名蓝天救援队队员，我曾参与过数百次救援任务，各种灾难性的场面也都见识过，却只能眼睁睁地看着我的队友丹永远留在珠峰，无能为力。

也正因如此，尼泊尔这个国度让我既爱又恨。爱它，是因为我人生的第一次国外长途旅行就是从这里开启，并且从此一发不可收拾——攀登马纳斯鲁雪山也

▲ 巍峨的喜马拉雅山脉

是在这里完成，那是我人生中第一次攀登海拔8000米以上的雪山，为我日后攀登珠峰奠定了基础，积累了经验；这一次，又是在尼泊尔南坡成功登顶珠峰，完成了我的梦想。恨它，是因为它无情地留下了我的伙伴，也因它曾让我见识到地震频发的灾难下民不聊生的痛苦。

时间倒流至5年前，我曾作为救援者出现在这里——

“大龙，快准备一下，我们马上去尼泊尔！”队长打来电话，急匆匆说完就挂断。来不及多问，接到救援通知后，我迅速收拾好装备，订了最早的航班前往尼泊尔。

2015年4月25日，尼泊尔发生了8.1级的大地震，其破坏程度举世震惊——民房倒塌严重，伤亡更是不计其数。中国作为友好邻国，派出了中国国际救援队

▲ 2015年4月25日，前往尼泊尔大地震参与救援的蓝天救援队成员

参与救援，而我所在的蓝天救援队作为中国重要的专业公益民间救援组织，亦主动前往参加救援。

飞机着陆后，在电视中看到的惨状画面全都真实地呈现在眼前，让人不忍直视。砖木结构的房屋支离破碎，街道上满是惊慌的人群、随处可见的伤员……这一切都在显示着这场灾难的严重性。投入救援的数天中，救援人员累到躺在废墟上睡着，一天也可能吃不上一顿饭、喝不上一口水，只为能在这断瓦残垣中寻找生的希望。那时，我在被救出来的尼泊尔人眼中，看到了劫后余生的感激，那是对“生”的无限渴望。

而尼泊尔大地震的时间也正值那年的珠峰登山季，突如其来的地震导致珠峰大本营发生了非常严重的雪崩，数十名登山队员还没来得及攀登珠峰，便被雪崩淹没。

4年后，我在珠峰大本营拉练期间，又逢4月25日，地震过去了4年。为纪念在地震中逝去的人们，当天珠峰大本营全员休息。我清晰地记得那天的天气格外晴朗，没有一丝云彩，连风都格外地温柔，肉眼可见珠峰近在咫尺。正是因为亲眼看见过那场灾难的发生，这看似平静的天空，还是让我对大自然多了一分敬畏之心。

从珠峰成功下撤一段时间后，我才后知后觉地发现，相比我失去生命的队友，我的遭遇似乎“不值一提”——只是脸被严重冻伤，手指差点被冻掉，整个人较出发前消瘦了一大圈而已。

当我撤回到珠峰大本营，营地再也没有一个多月前热闹的氛围了，处处安静得可怕，每个人都深陷于这场山难的漩涡中。当我望着不远处曾留下我的足迹的珠峰，又一次想起地震中尼泊尔人被救后的眼神——劫后余生，活着真好。当我松下最后一根紧绷的神经后，我给母亲打了电话，用近似孩童般的痛哭，告诉她，我以后再也不想冒险攀登。

▲ 2015年尼泊尔发生8.1级大地震，砖木结构的房屋支离破碎

▲ 极限运动需要大量的体能锻炼，让我的身体更加强壮，从而在救援中可以发挥更好的作用

回忆在尼泊尔的经历，我似乎发现，我的人生就像硬币的两面：一面是极限运动爱好者，一面是灾难和危机前的救援者，这也使我陷入了思考：一个人怎么会有如此矛盾的两面？

的确，这个问题在一段时间内让我极度困惑——立志成为救援者的我，如此爱好探险和极限运动，如果我因为极限运动陷入危险，我的救援队队友们再冒着生命危险去救我，值得吗？作为一名救援者，我是否该放弃个人爱好？

但随着阅历增加，我开始意识到：这两者并不完全对立，我可以掌握好平衡。极限运动爱好需要常年大量的体能锻炼，让我的身体更加强壮，从而在救援中发挥了更好的作用；而救援积累的户外知识，让我避免了极限运动中不必要的危险和伤害。这两个角色的相互转换、相辅相成，反而成就了现在的我。

▲ 珠峰震撼的云海和日出

决定攀登珠峰时，很多人对我说：“极限运动不是不可以尝试，但为什么一定要登珠峰？”那时我的回答是，英国探险家马洛里的那句非常经典的话——“因为山就在那里。”

登顶珠峰之前，你问我为什么登山，我会豪言壮语地指着远方说：“因为山就在那里，它在等着我去征服。”如今，你若再次问我为何登山，我会说：“山在我心中。”人生需要不断超越、不断向上，但绝不是通过最高、最远来证明自己，而是通过始终不懈的努力。

相对于登顶的喜悦，我更享受为梦想而坚持的过程，这个过程持续了数年，在此期间因为有了目标，所以有了更强的信念，有了坚持的理由，这大概就是我选择攀登珠峰的原因。

虽然人们对生活和成功的定义不同——有人向往名，有人向往利，有人向往爱情，有人向往自由，当然不是所有人都对登山和极限运动充满兴趣，但其实在每个人的心中，都有一座属于自己的“珠穆朗玛峰”，它让你前行的脚步更加坚定，前方的道路更加清晰。

回忆里，珠峰带给我最为震撼的一幕，便是当我站在世界之巅，朝向东方的茫茫云海中，突然浮现出一抹鲜红，随之太阳缓缓升起……我在世界各地看过许多美丽震撼的云海与日出，而这一次，是极为不易和永生难忘的。

PART 2

在路上遇见梦想

那是我第一次真正看到珠峰，小时候只在地理书中知道这是世界最高的山峰——海拔 8848.43 米（2020 年 12 月 8 日，珠峰高度被重新测定为海拔 8848.86 米），透过照在珠峰高程测量纪念碑上的阳光，这几个数字发散出的耀眼光芒让我移不开眼睛。

一个『不安分』的人

我是一个“不安分”的人，孩童时期的调皮捣蛋让父母伤透了脑筋，中学时早恋让班主任当作反面例子。凡是预设好的道路，需要按部就班去完成的事情，我都不感兴趣。庆幸的是，我的家人没有放弃我，对我严加管教，才使我不至于中途辍学。等到上了大学，我才慢慢找到了自己的热爱。

在我读大学的时候，一度十分流行去西藏，都说那里是离天空最近的地方，每一个去过西藏的人都仿佛心灵被洗涤过一般，蜕变得超凡脱俗，不被世事纷扰。

这样一个地方，引起了我的无限遐想。我那不安分的心又开始躁动起来，决定也去西藏看看。在那个网络通信尚不发达、智能手机没有普及的年代，为了去西藏，我去网吧搜集了各种攻略并背得滚瓜烂熟——应该走哪条路，路途有多少公里，沿途有什么好看、好玩的，要走一天还是两天，怎么走，全部倒背如流。

收拾好背包，背上行囊，开始了我的西藏之旅。

站在成都通往318川藏线的路口，我伸出了大拇指，希望能够搭上一辆进藏的车。

选择搭车，一是因为当时还是学生的我囊中羞涩，手里并没有多少积蓄；二是渴望遇见更多有故事的人，听到更多的故事，那时的我被旅途中离奇的趣事所吸引，认为远比校园里的故事更吸引人。一路几经辗转到达西藏，最后算下来竟只花了四五百块钱，时至今日我都感到不可思议。回想起来也是因为年轻，有一种“初生牛犊不怕虎”的无畏与果敢。

虽然是搭车旅行，但我给自己定下了一个规矩，每天至少要徒步10公里，即便我背着很重的行囊。徒步完10公里，我才开始搭车，且每天只搭乘大概200公里的路程。之所以定下这样的规矩，是因为我希望这一路既能锻炼自己的体能和毅力，又可以结识更多的朋友。

那时的我才刚上大学二年级，是一个生活在象牙塔里，没有太多社会经验的学生。我遇到的每一个愿意搭载我的司机都比我年长，他们中有人骑着摩托或开着长途大货车，为了生活不停地在路上奔波；也有人开着小汽车，为追求心中的自由而到处旅行。

从第一次进藏到现在，已过去了很多年，大学期间我几乎走遍了每个省份，也去过很多国家，搭过的车有几百辆，听过的故事似乎可以写成一部新的《天方夜谭》——从那些或感动，或悲伤，或励志的故事中，我看到了人生百态，也看到了人生的无限可能。

抵达西藏后，我怀揣着一颗普通却虔诚的游客之心去了布达拉宫、大昭寺与羊卓雍错等热门景点，直到我跟随着内心来到了珠峰大本营。

那是我第一次看到真实的珠峰，小时候只在地理书中知道这是世界最高的山峰——海拔8848.43米（2020年12月8日，珠峰高度被重新测定为海拔8848.86米），透过照在珠峰高程测量纪念碑上的阳光，这几个数字发散出的耀眼光芒让

▲ 大学期间的徒步搭车旅行，每天坚持徒步 10 公里

我移不开眼睛。

多年以后，我依然清晰地记得，那天的天气格外晴朗，我有幸目睹了“日照金山”的美景，也看到了有着“世界上最高的风向标”之称的珠峰旗云，它在霞光的照耀下，闪着夺目的金色光芒，就在那么一瞬间，我心里的某个地方苏醒了。

当时的我只能算是一个徒步爱好者，还没有攀登过任何一座高山，可珠穆朗玛峰顶天立地的“身影”，却在我心中留下了一个不可磨灭的烙印。我于天地万物之间只能看到它，从此念念不忘，这大概就是所谓的“一眼万年”。

或许是年少气盛，或许是野心难抑，当时的我暗自呢喃：“要是能登上去看看就好了。”梦想的种子也许就是这个时候开始生根。

一路搭车去西藏的旅程充满新奇，让我对外面的世界更加向往，我的目光也开始望向了更远的地方。

我下定决心：我要出国，要去尼泊尔，因为那里是徒步者的天堂。

没有任何迟疑，说走就走，我从西藏准备前往尼泊尔，直接到尼泊尔驻拉萨总领事馆办了签证，从拉萨搭车3天到达了樟木口岸，就这样，年少的我第一次迈出国门，开始了为期15天的尼泊尔之行。

那时，年纪轻轻的我有着强烈的虚荣心，当时的出国旅行没有如今这么流行和便捷，作为大学班级里第一个出国的人，同学们羡慕的目光让我为此沾沾自喜了许久。第一次出国的经历，仿佛打破了内心的一条界线，我的心从此更加驰骋了。

我至今对尼泊尔有着强烈的喜爱，虽然它不发达也不现代，但这里承载了我的青春和梦想。

尼泊尔之行归来，我对旅行的热爱便一发不可收，而之后的亚非13国长途徒步，让我和珠峰再次有了亲密的邂逅，我的梦想也随之从生根到发芽。

▲ 霞光下的珠峰和旗云

▲ 2012年第一次尼泊尔徒步，于世界最大的圆佛塔——博达哈大佛塔

偶遇珠穆朗玛

时光回至2014年，24岁的我在大学毕业后并没有像其他人一样按部就班地投递简历，寻找一份稳定的工作。我看过了外面的世界，拥有了不同的人生体验，我想打破朝九晚五、两点一线的束缚，去寻找自己的人生，做自己喜欢的事业。

所以，我给了自己一年的时间，在路上、去寻找。

我带着年轻人特有的勇气和闯劲儿，第一次踏上了长途异国徒步之旅。那时的我还不能被称为登山者，只是勉强跻身户外爱好者的行列。

背着沉重的行囊，我一路从成都走到拉萨，又走到红其拉甫口岸，入境巴基斯坦。原计划是在中东徒步去土耳其，结果一发不可收，有太多让我好奇的景观和文化，最终这次旅行变成了一次横跨亚洲和非洲、历时8个月的异国长途旅程。

在这大半年的时间里，同学们都陆陆续续找到了工作，我一一向他们表示祝贺，却依旧没有停下脚步，毅然向更远的地方出发了。

▲ 2014年于红其拉甫界碑，从新疆喀什库尔去往巴基斯坦

那段时间里我也有过迷茫，不知道未来我可以做些什么，旅程结束后该何去何从。

但是一路的奇异见闻让我慢慢忘却了烦恼，这或许也是一种自我逃避，让我尽量沉浸于当下，不去想以后的事情。

那次旅行中，我见到了被称为“最凶险山峰”的乔戈里峰，听到过阿富汗反政府武装的枪声，栖身于荒无人烟的山壁岩洞，登上了迪拜塔俯瞰世界繁华，坐上过肯尼亚边境的“死亡巴士”感受死亡的临近，也与唇盘族合过影，带着保镖拿过签证，载着一车的现金去购买食物……

沿途经过了巴基斯坦、阿富汗、伊朗、阿联酋、约旦、埃及、苏丹、埃塞俄比亚、肯尼亚等十几个国家的几十座城市，用脚步丈量了近三分之一个地球。

▲ 2014年，大学毕业的我徒步搭车穿越亚非13国

▲ 2014年，从新疆到巴基斯坦途中的堰塞湖

一个人的旅程，走走停停，有时候会在路上结识同行者，走一段路便分开；大多数时候只有我一个人，在面对未知的危险、无敌的美景和精彩的故事无人分享时，无助和孤独感也会涌上心头。

虽然说着一口蹩脚的英文，兜里穷得叮当作响，但如今回想起来，却是我人生中宝贵的一段经历。现在被各种事务缠身，很难再有那样的时间和勇气，踏上一段不管不顾的旅程。

而这一路最大的收获，是我与珠峰的再一次相遇。那是从新疆喀什到巴基斯坦的中巴友谊之路上，我搭乘了一辆小货车，前面没有了座位，只能坐在后面车斗内。当时的我正惬意地享受着拂过脸颊的微风，尽情地望着草原上奔向远方的骏马，仿佛自己也和它们一样无拘无束地驰骋于天地之间。

然而抬头的一瞬间，在克什米尔高山的荒野中，一座雪山突然跃然眼前，我就那么傻傻地愣住了。那是在茫茫山脉中如同女神一样傲然的山峰，峰顶被皑皑白雪覆盖，就那样挺拔地耸立着，俯瞰世间万物。

山腰处，一团团云雾围绕飘荡着，山顶依旧扬着标志性的云旗，在帕米尔高原的屋脊之上，寒风瑟瑟、四野空旷，时间也仿佛静止，道路似乎永远没有尽头。

随着太阳升高，阳光给峰顶镀上了一层神圣的金光，天地间整个珠峰成了唯一的主角，我彻底拜倒在它的魅力下，也就是在那一刻，我想要去看看，再近一步，近到想去峰顶瞧一瞧。

播种一颗种子，如果坚持浇水、施肥，早晚有一天它会破土、发芽，长成参天大树，我相信梦想也一样。

但未承想，一次突如其来的“确诊”差点使我与梦想擦肩而过。

雷诺氏综合征

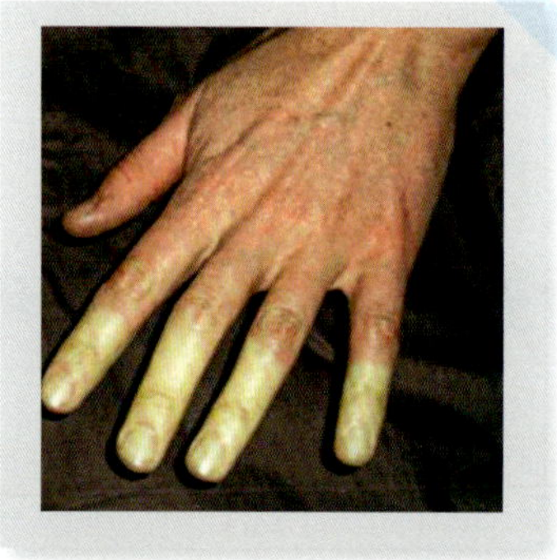

2016年冬季，一个冰冷的清晨，我照例起了大早去练习攀岩，由于练习结束得晚，还没顾上午休的我就跑来了预约好的医院，那天排队候诊的人很多，我坐在等候区昏昏欲睡。

“请何玉龙到就诊室就诊”，随着语音叫到名字，我瞬间清醒过来，起身前往。

我将近期身体出现的症状大致描述了一下，医生经过一系列的检查，语气平缓地用一种司空见惯的口吻说：“你这个是雷诺氏综合征，不是什么大毛病，平时多注意，不用特别担心。”

我疑惑地问：“什么是雷诺氏综合征？”

医生继续缓缓地说道：“雷诺氏综合征嘛，初期症状就是遇到寒冷受冻后，手指端的皮肤开始发白，然后向手指根部以上的部位发展，一般该症状不会发展到手腕处，病情发作时，手指、手掌和足部会有发冷的感觉，同时伴有麻木、僵硬的感觉。”

我急切地追问：“这是什么原因造成的？能治好吗？需要注意些什么吗？”

医生不抬眼地回答：“原因暂时属于未知，日常注意保暖，避免受寒，保持全身特别是四肢的暖和。日常生活中可饮少量酒类饮料，有利于扩张血管，减轻病症，但必须戒烟。最重要的是保持心情舒畅，根据医嘱服用药物，切记极寒的恶劣地方不要去就可以了。”

“那还能攀登雪山吗？”

“海拔6000米以上的雪山就不要攀登了，不然的话很容易造成截肢的。”

当听到“截肢”两个字的时候，我的大脑一片空白，将近一米九的大汉眼泪不争气地不停往下流，也顾不得“男儿有泪不轻弹”，以及身边是否有人围观了。

医生不解地看着我：“这也不是什么绝症，你一个大男人哭什么？”

我一边抽泣着一边解释说：“我的梦想是30岁之前攀登珠峰，如果这个病治不好，我岂不是失去了人生的目标？”

医生同情地摇摇头：“站在医学的角度劝你一句，最好重新规划一下自己的人生，你还年轻。”

回过神来，我已经瘫坐在医院大厅的椅子上，不知何时，我拖着麻木疲惫的身体出了就诊室，门诊大厅里刺鼻的消毒水味儿充斥在空气中，刺激着我的泪腺。这个月份正是换季的时节，医院里人满为患。很多家长领着自家的孩子，或坐、或抱、或躺，一个个面露愁容。

而此刻，外面下起了大雨，豆大的雨点拍打着玻璃，雷声轰隆作响，我的内心也如这天气般，被雨水笼罩着，看不清来时的路。

就这样，2016年，我确诊了雷诺氏综合征。

第一次发现自己身体出现异样，大概是在2015年的秋末。为了积累攀冰技巧，我像往年一样和朋友去四川双桥沟进行攀冰训练。

▲ 2015年，在四川双桥沟进行攀冰训练

那里是攀冰者的天堂，热爱攀冰的户外人纷纷在冬日，带着自己的冰镐和冰爪等技术装备，在各式各样的冰壁上大展拳脚。

和往常一样，在热身拉练后，我按照教练传授的要领在一处冰壁上攀爬。突然，右手的手指根部一阵阵发麻，握着冰镐的手使不上劲儿，我赶紧把插入冰壁的冰爪踩牢固，把左手的冰镐抓实，才不至于失去平衡。

下了冰壁后，我手指的症状依然没有消失，直到几个小时之后才稍微有所缓解。最后，我只能放弃了这次训练。

当时，我的心里便有种不祥的预感——我的身体一向都很健康，今天是怎么了？

但这个念头也是转瞬即逝，我并没有放在心上，以为那只是类似于挫伤或者抽筋之类的小问题。

令我始料未及的是，事情朝着更严重的方向发展了……

为了适应攀登雪山的状态，那年的登山季，我和朋友相约去攀登哈巴雪山。

位于云南丽江与香格里拉的交界区域，和玉龙雪山隔金沙江而立的哈巴雪山，因为有着良好的接近性和较长的登山窗口期，海拔也只有5396米，是登山界公认的入门级攀登雪山首选。

这已经不是我第一次攀登哈巴雪山了。为了保证在下午两点前登顶，我们在凌晨四点就起床，一切准备就绪后，开始冲顶。哈巴雪山的整个攀登路线并没有陡峭的地方，只要有足够的体力和耐力，登顶基本都不是问题。

行进了大约5个小时后，在海拔约5000米处，我的速度慢慢降了下来，本以为是逆风而上再加上体力消耗造成的。但手握登山杖的时候，我渐渐感觉吃力，怎么握也握不紧，手指变得越来越麻木，甚至有些刺痛，难道是我冻伤了？

原本走在前方的队友看我迟迟未跟上，折回找我，他摘掉我的右手手套后，我们都受到了惊吓——五根手指从指节处全部变得苍白，别说是没有血色，甚至连原本的肤色都看不出了，那种苍白就像是在冷水中泡了很久后所呈现的。

我的心里“咯噔”了一下，队友担心我的安危，劝我下撤，放弃登顶。

哈巴雪山，对于年龄上至63岁，下至9岁的登山爱好者来说，都可以登顶。放出豪言壮语要攀登珠峰的我，如果连哈巴雪山都爬不上去，岂不是要沦为笑柄？

不知是迫于面子，还是生性好强，我匆忙戴好手套说不要紧，便继续朝着山顶缓慢移动了。

后半段路程在队友的照顾下，我一路忍受着刺痛，终于顺利登顶。冲顶后，我并没有像其他人一样喜悦，内心开始惴惴不安。

回到大本营后，我的手指在室内暖了许久，才慢慢恢复一点正常的血色。虽然到最后都没有发生更严重的事，但我已经确认自己的身体出了问题。

▲ 确诊“雷诺氏综合征”后，我的人生目标几近坍塌

于是回到北京后，也就有了我就医确诊雷诺氏综合征的结果。

这个确诊结果对我来说就像一个晴天霹雳，好比和一位歌手说他的嗓子坏了再也不能唱歌，和运动员说他的心脏出了问题再也不能做剧烈运动了，与美食家说他失去了味觉，再也品不出酸甜苦辣一般残忍。

心灰意冷，大概是我确诊后近一年里的真实写照。

人生的目标坍塌后，前路突然变得迷茫。原来烟酒不沾的我，开始颓废，那段时间谁要是和我谈人生、谈梦想，我甚至都嗤之以鼻。

梦想是什么？镜中花、水中月罢了。

寻找失落的世界

虽然攀登珠峰的梦想暂时被搁置了，但是我对户外运动的热爱一直都在，攀冰、攀岩的训练也从未停止，能力范围内的登山也一直在坚持着。

我把更多的精力投入到蓝天救援队。确诊后的大半年里，救援队组织了多次城市救援、建筑物坍塌训练等专业培训。我作为水域教官，每周负责给团队进行一次水域培训。日子忙碌又充实，2016年很快接近尾声，我努力不去想珠峰，似乎那是我不该拥有的梦想。但是，心中那团火一直没有熄灭。

2016年年底，一个线下活动进入了我的视野，“Harbor House Life行者之路”在公众号发布了一个招募令：全球招募2名勇者，免费获得价值30万元的南美洲亚马孙热带雨林徒步求生之旅。看到消息的那一刻，我几乎要蹦起来了，我想参加！这次徒步将横穿南美洲北部的亚马孙热带雨林无人区，主办方设置了惊心动魄的探险环节，同行的3位队友都是知名的环球旅行探险家。

“Harbor House”是一个美国家居品牌，老板是华人，也是一位热爱户外运动

▲"地球之肺"亚马孙热带雨林，横穿了南美洲8个国家

的商业人士，每年都会组织相关户外活动，他和他的团队制作的环球旅行生活纪录片《Harbor House Life》通过一场场危险与美丽的博弈，用足迹和视觉之美填充这个所未企及的广阔世界。我报名参加后，很顺利地通过了简历筛选，接下来是网上多轮投票和专业面试，记得当时为了让亲友帮我投票，我发了20多条朋友圈，讲述了自己这些年的户外经历和我的梦想，大概是我的真挚打动了很多朋友，最终我以综合排名第一的成绩获得了亚马孙热带雨林的探险机会，整个行程15天，人均花费约30万元。

我想我是幸运的，但是我也深信，机会总是留给有准备的人。

那是我第一次去南美洲大陆，第一次深入"地球之肺"——亚马孙热带雨林，同时也是我打开户外探险这扇门的一把重要的钥匙。

这是一趟充满挑战的旅程，也是一趟漫长的旅程。从北京到亚马孙热带雨林，我用了整整4天，共96个小时。

在交通如此发达的现代，去世界上绝大多数地方，最多也就是转机4次，而我却用了5次：从北京出发，飞到厦门，从厦门飞到荷兰，从荷兰到苏里南，再飞到特立尼达和多巴哥，最后从特立尼达和多巴哥终于转机到亚马孙热带雨林所在的圭亚那。

然而圭亚那并不是终点，还要再搭乘小飞机到圭亚那南部的无人区，这也是我第一次坐承载8人的小飞机。

这里不像国内那样发达，通过机场就可见一斑：落地后我才发现，机场居然没有航站楼，只有一条长约200米，坑坑洼洼、长满野草的小跑道，很难想象飞机刚才就是在这个跑道上降落的。

但这个只有简陋跑道的机场居然也不是终点，下了小飞机，我们又转乘直升机，大约飞行了一个小时，才到达雨林的上空。至此，此次穿越之行才算拉开帷幕。

我曾经幻想过会以哪种方式进入亚马孙热带雨林：徒步？越野车？船？骑马？却唯独没想过我们会以这种“离奇”的方式进入——

▲ 我们进入亚马孙热带雨林的方式——从直升机跳入河里

当被告知需要从直升机跳进河里时，所有人都在惊呼。

我是蓝天救援队的水域教官，自诩水性不错。但我很清楚地知道，跳水和游泳是两回事，以前最高纪录也只是从5米高的跳台跳下去，这次是从10米高的半空跳进河里，对我来说确实是挺大的挑战，直升机上恐高的人甚至都不敢向下望一眼。

我发自内心地第一次感到了恐惧，这个高度我从未尝试过，下面又是未知的危险环境，并且我还在担心，水中万一有不明生物等待我去“投喂”呢？毕竟这可是亚马孙热带雨林……

经过数天的周折来到这里，而这仅仅是挑战的开始，我必须要克服自己内心的恐惧。在一切准备就绪后，我深深地吸了一口气，纵身一跃，硬着头皮跳了下去——

当身体落入河水的一刹那，水面拍击得皮肤无比生疼，冰凉的河水也让我瞬间从恐惧中清醒过来。

那一刻，我才意识到：亚马孙，我真的来了！

当然，我的担心也是多余的，并没有不明生物等待着我——放眼望去，只有安静的、郁郁葱葱的丛林。

进入亚马孙热带雨林，也就意味着告别陆地交通工具。我们唯一的交通工具变成了皮划艇，每天差不多行进30公里，在皮划艇上可以感受到雨林中的阳光明媚、乌云密布或风雨交加，时不时还有湍急的小瀑布出现，一切对我来说都是新奇和陌生的。这里的一草一木，还有那些已知或者未知的生物，都让人浮想联翩。

对我来说，皮划艇最有魅力的地方在于穿越惊险湍急的水流，一路顺流而下的畅快感。完全不需要人工去划桨，大自然的力量就可以将你推向远方。但是我们身处亚马孙热带雨林的无人区，必须选择安全的行进方式，当前方有激流时，我们就会在雨林中开辟另一条道路绕开，只为更安全。

既然是野外求生之旅，肯定少不了自己获取食物。靠山吃山、靠水吃水，因此河里的鱼就成了我们的美味佳肴。

这里并不缺少鱼的身影，但在野外捕鱼也是个技术活，雨林中臭名昭著的食人鱼，虽然一口尖牙利齿，性情凶猛残暴，却也成了我们的盘中餐、腹中食。

一段时间里，鱼成了我们最主要的食物——魔鬼鱼、食人鱼，以及各种不知名的鱼，生鱼片、烤鱼、熏鱼……不同种类，各种吃法。靠着每天钓的鱼，我的食谱上增加了许多新奇的食材。

美味的食物日日吃，也终有厌烦的一天，就像这鱼。伙伴们几乎看到鱼都想吐了，不过亚马孙的财富不只有鱼。

亚马孙热带雨林是一个非常完整的生态圈，如果会一点寻找食物的技能，在这里是绝对饿不死的。我找到一种棕榈科的植物，剥开树皮后可以吃树芯，每公斤还有一千大卡的能量。在大自然中生存，让我们回到了最原始的捕食状态，同时也感谢着自然的馈赠。

▲ 在雨林里，我们唯一的交通工具变成了皮划艇，主要食物也是河里各种各样的鱼类

▲ 尖牙利齿的食人鱼也成了我们的“盘中餐”

我们此次亚马孙之行最重要的目的地是“圭亚那凯厄图尔大瀑布”，它是世界上单级落差最大的瀑布，高约226米，宽约106米，它还有一个名字叫“直立行走的瀑布”。

当我到达时，被震撼得无以言表。首先感叹于它壮丽的景色，瀑布落差巨大，水流奔腾着、咆哮着，发出震耳欲聋的响声。如果徐霞客当初形容黄果树瀑布的那句“珠帘钩不卷，匹练挂遥峰”不足以拟其雄壮，那么李白的名句“飞流直下三千尺，疑是银河落九天”，完全就是凯厄图尔大瀑布高峻的写照。

为了做这次“瀑降”，我们搭建了绳索下降系统，226米的高度，听起来是个不大的数字，但如果用建筑物比较，226米就是70层楼高——位于北京的中央电视台总部大楼高为234米，凯厄图尔大瀑布的高度可见一斑。

从226米高的瀑布顶端下降到底，这个过程很不容易，我是个攀岩爱好者，对从高空下降很熟悉，但是从这么高的瀑布往下降，我还从未体验过。

做好准备工作后，就开始绳降了，下降了大约50米后，迫于水流的压力我只能闭着眼睛去感受周围的环境，水夹杂着空气，如狂风暴雨般打在我身上，我没有办法保持静止不动，身体被推得飘来荡去，那时的我就像一艘小船，在风暴席卷的大海上无助地飘摇。

恐惧感和风力呈正比，风雨越大，晃荡的幅度便越大，我的恐惧感也越大。我压根儿不敢向下张望，只好紧紧地抓住绳索，默默祈祷自己能安全到达底部。

如果搭乘电梯，下降70层楼最快只需要1分钟，但是整个绳降过程我们用了将近三个小时，才将整个团队降到瀑布底部。

凯厄图尔大瀑布是我们此行最重要的目的地，因为自人类进入现代文明以来，有多支探险队尝试下降到瀑布底部，包括赫赫有名的英国BBC探险队，但很遗憾都没有完成。因此，我们算是现代文明第一次踏足这里。

而我也有幸成为世界第一位到达凯厄图尔大瀑布底部的“90后”。此次成功

▲ 我们在世界单级落差最大的瀑布——凯厄图尔大瀑布进行绳降

▲ 成功挑战凯厄图尔大瀑布绳降后，我自豪地将国旗展示出来

下降的4个人分别来自不同的国家，作为中国第一位下降到瀑布底部的探险者，我将揣在怀里的国旗拿了出来，感到了一种从未有过的自豪。虽然我不是奥运赛场上的健儿，没有机会为国家争得金牌，但我在自己的领域将民族荣耀带到了世界面前，这也是属于我的成功和骄傲。

挑战了凯厄图尔大瀑布绳降后，也意味着我的亚马孙热带雨林之行就要结束了。来的时候进入方式很特别，走的时候，仍然以意想不到的方式离开。直升机再次到来，而这次是用绳索将我们带出亚马孙雨林，这种方式虽然令人惊喜，但同时也是非常危险的。如果驾驶员的技术不高或天气不好，意外随时可能发生。

听着直升机的轰鸣，抓着绳索，看着脚下云雾缭绕、渐行渐远的雨林，我在心中默默地问自己：再见不知是何时？再来时，我还能否享有此次的惊喜与幸运？

回程的航班上，我的脑海里一幕幕回闪着这十几天的记忆，这不正是阿瑟·柯南·道尔（Arthur Conan Doyle）《失落的世界》里描述的“乐园”吗？

底线是『掉三根手指』

2017年，我参加了亚马孙热带雨林穿越之旅，回国后也继续着蓝天救援队的公益救援和培训。因为雷诺氏综合征，关于珠峰的梦想一直被搁置。

直到2018年初，事情发生了转机，让我再次燃起了希望。

一年多没亲近雪山，我的内心早已按捺不住，当收到朋友的邀请——二月去青海登岗什卡雪山时，我想都没想就答应了。

我太想念雪山了！当冰爪砸进冰里，我能摒弃一切杂念，只为一步步向上攀登，那是最接近自我的时间。雷诺氏综合征也被我抛到了脑后，顾不了那么多，我只想登山。

二月的岗什卡雪山并不处于登山季，反季节攀登不仅要面临严寒，还要接受大风天气的考验。

▲ 2018年初，一年没有亲近雪山的我，在攀登青海岗什卡雪山时主动请缨去铺设路绳

到了门源火车站后，我们直奔岗什卡雪山大本营，公路前方雪山的身影清晰可见，大本营的经幡在风中肆意地舞动着，仿佛是在欢迎我们的到来，也在告诉我们此刻是属于风的季节。

晚上和伙伴们吃了顿火锅，大家一起畅聊户外运动的经验和故事。其实攀登的乐趣不光是登顶的成就感，身边一群志同道合的朋友更能让你找到灵魂的共鸣。

次日凌晨5点，我们便开始攀登。岗什卡作为门源境内的群山之首，虽然海拔只有5200多米，这次却着实给大家好好地上了一课。

一路上，大风卷夹着雪粒不停地往我们脸上刮，更要命的是意料之外的寒冷，从头到脚的冷，即使身着厚厚的登山服，也感觉不到一丝温暖的气息。

▲ 同行的伙伴们经验丰富，都沿着既定计划按时登顶了

虽然一年没有登山，但我一直保持着攀岩、跑步等运动，体能状态还维持着以前的水平，所以我主动请缨，做先锋去铺设路绳。

铺设路绳是个体力活，除了背着沉重的装备外，还得额外背着路绳，一步一步向峰顶挪动，确定好位置后再搭设路绳。可能是太过专注，且一直在高强度活动着，我身上的寒意也渐渐消失。一路上我都提心吊胆，好在担心的事情没有发生。

风雪依旧肆虐着，过程虽然艰辛了些，但同行的伙伴们登山经验都比较丰富，最后大家沿着既定的计划按时登顶了。

不过下山后，我们才发现，十几个队员中，有好几个人的手和脚还是被冻伤、冻黑了，甚至有一个小姑娘的脚趾面临截肢的风险，反季节登山给了我们一个结结实实的教训。

但这次，我从登顶到下山，都没有再出现上一次在哈巴雪山上的症状。难道是误诊？还是我痊愈了？

回程的路上，在夕阳的照耀下，车窗外的岗什卡雪峰山顶晶莹瑰丽、熠熠生辉，散发着迷人的神韵，仿佛是我的"幸运女神"，那一刻，我梦想的种子开始复苏。

返回北京后，我去医院进行了复诊，并将攀登岗什卡雪峰的过程和状态告诉了医生，最后得出结论：大概率是我在铺设路绳的过程中，手脚不停地活动，促进了血液流通，通过活动得到了足够的热量，所以我的雷诺氏综合征才没有复发。

于是，我做了一个重要的决定：我要攀登马纳斯鲁峰，如果攀登马纳斯鲁峰没问题，明年我就计划冲顶珠峰。

做了充分准备后，2018年，我再次踏上了尼泊尔的国土，去迎接自己的希望和新生。

在为期近一个月的高海拔适应性训练后，我于北京时间2018年9月28日早7点，第一次成功登顶了海拔8000米以上的雪山——马纳斯鲁峰。一路上我都格外注意，让自己的手脚不停地活动，我的雷诺氏综合征终于被终止在了哈巴雪山，没有尾随而来。

在大本营的时候，正值中国的中秋佳节，那天夜晚的天空格外晴朗，夜空中的繁星洒满了每个角落，近处的星星仿佛唾手可得，而马纳斯鲁峰就在脚下，我第一次真切地感受到，珠峰离我越来越近了。

从马纳斯鲁峰回来后，我正式开启了攀登珠峰的计划。除了拉赞助、报名、置办装备、加强体能训练外，我还给自己定下了一个底线——最多牺牲三根手指，这是为梦想可以接受的付出，但绝不能将命搭上，这也是我对家人的承诺。

最后一个障碍

克服了雷诺氏综合征，当身体的障碍彻底消失，就没理由不加速奔跑。

攀登珠峰需要三个条件：技术、体能和金钱。登山需要的硬技能——攀岩和攀冰，我在平时的训练中已经掌握得较好。

再说体能，从小我就是个体育生，而每一个体育生都有着一份将体能锻炼到极致的决心。中学刚加入校队的时候，我在前面跑，教练就在后面拿着树枝追打，很多同学放弃了，我却坚持了下来。一方面是我的确喜爱运动，另一方面是我的文化课成绩不好，少年的虚荣心促使我一定要在体育方面争光。就这样，我坚持了6年，体育特长让我获得了无数荣誉，也让我这个差生有机会考入大学，虽然是一所普通的大学，但对曾经“调皮捣蛋”的我而言，却是一次蜕变。直到现在，虽然脱离了学校的操场，但城市街道上、山野小路间仍然可以看到我“越野跑”的身影，健身房也成为我增强力量而经常涉足的地方。这么多年的体育生涯，锻炼了我的韧性和耐力，也为日后攀登珠峰打下了坚实的体能基础。

有了技术和体能，亟须解决的最后一个问题就是钱了。攀登珠峰大概需要30多万，不是一笔小数目。

当第一次知道攀登珠峰至少要30万元费用的时候，我呆住了，毕竟这对于普通家庭来说不是一笔小费用，本来10万元已经是我预算的极限了。

如何凑够这笔费用，成了我那段时间最大的烦恼。正所谓“一分钱难倒英雄汉”，身边的亲人朋友知道我的情况后，纷纷伸来援手，要帮助我完成梦想。但都被我一一婉拒了，我想通过自己的方式去凑够这笔钱——拉赞助。

▼ 令我魂牵梦萦的珠峰大本营

大学毕业几年的我，已经对拉赞助再熟悉不过了。学生时期组织大型活动，经常会用到的一种筹钱的方式。记得有一次运动会，班级同学都要身着统一的服装，配备统一的装饰，为了不增加家长们的负担，我们一帮同学便想出主意去各大商场拉赞助。只要商家赞助服装或道具，上面都可以贴上商标。经过我们不断地游说，居然拉来很多商家，商标位置不同，价格也不同。

这次登珠峰，又让我想起了学生时代的经历，我便打算采取拉赞助的方式来凑齐这30万经费。想到这个方法后，我开始着手准备自己的商业简历，修图片、写数据、做PPT……向朋友介绍的和这些年通过活动结识的商家营销推广自己。

我的筹款方式也很简单，在登山服上设定了几个广告位，每个位置价格不同，有五万档、两万档、一万档。我从2017年就开始做自媒体，拥有一定的粉丝基础，列出了有可能合作的公司名单，制作了一份“推销自己”的商业计划书，逐一给品牌发送。我始终相信“敲窗效应”，当你敲了100扇窗，总会有几扇为你而开。

经过努力，我竟然收到了华为的回复，对方希望我去他们公司谈这个项目，最后他们给了我一部分赞助。经过两个月的努力，赞助费一笔一笔地到了账，让我能够在登山报名截止的最后一个月交上了报名费。

筹款的整个过程其实并不顺利，这在我的意料之中。虽然有时也会气馁，但对于品牌商来说，他们付出的赞助费是否能得到相应的回报，仍是个未知数。万一我攀登不成功，钱岂不是就打了水漂？即使我成功了，投在我身上的广告是否就能产生回报？

因此在拉赞助的环节我总结了一个经验：要大大方方谈钱，更要信心百倍地推销自己。

我一直毫不避讳钱的问题，谈钱虽“俗”，但没有钱寸步难行。无论是想尽各种办法挣钱，还是厚着脸皮拉赞助，我都不认为这是羞于启齿的。没有经济基础，生活便无法保障，我将无法参与热爱的公益救援事业，甚至不能购买户外运动所需要的装备，珠峰梦更是无从谈起……

机舱内，“即将到达”的语音打断了我的思绪，飞往尼泊尔的飞机开始慢慢下降。舷窗外，依稀可以看到一片片连绵起伏的白色雪山，虽然无法辨认哪一座是珠峰，但我知道，它在那里等我……

▲ 飞向神秘国度——尼泊尔

PART 3

再赴神秘国度

尼泊尔是徒步爱好者的天堂，4月也刚好是徒步旺季。在这里，徒步不用做“苦行僧”，有当地的夏尔巴人可以帮你分担行李，轻装前进使我享受到了行走在异国他乡的乐趣。置身于雪山、峡谷与村庄之间，穿过成片的湖泊、低矮的树林，一路盘点着地平线上那些令我魂牵梦绕的山峰。

异乡的邂逅

我知道，每个夏天，山都在那里等我。

那里雪山环绕，终年积雪覆盖，珠峰和周围每座山峰都隐隐泛出透骨的神光，银色的巨型金字塔峰顶直耸入云，让人不寒而栗、心生敬畏；那里人迹罕至、飞鸟难越，更像是一个与世隔绝的“世外桃源”，让人魂牵梦萦；那里白色是永恒的基调，纯洁无瑕的白仿佛能照亮世间一切阴暗的角落，洗净世间的所有污浊；那里6000米以上的雪山举目皆是、不胜枚举，不同于世界其他地方的山峰，山的远处是纯净的蓝，近处是随风飘扬的彩色经幡，转经筒一圈圈转过，山也仿佛有了灵魂。我已分不清是山的神圣给这片大地渲染了神秘的色彩，还是这片离天最近的土地让山也有了神性。

莫说攀登，就连看一眼都会感到一种无以言表的窒息，头晕目眩、双腿颤抖。这并非危言耸听，这里就是大约三千八百万年前，印度次大陆与亚洲大陆经过无数次碰撞、挤压和抬升，支撑起来的一个有着桀骜不驯的脊梁的“女神”，

▲ 我知道，每个夏天，山都在那里等我

一个被人类称为“生命的禁区”，被誉为“世界第三极”的地方。

而在我29岁的生日来临之际，我决定启程奔赴心中的那个为之努力奋斗了5年的梦想——攀登珠穆朗玛峰。

初春的云南，目光所及之处，尽是春色摇曳、桃红柳绿。熙熙攘攘的昆明长水机场，热闹非凡。

出发大厅的玻璃窗外，湛蓝的天空中飘着棉絮般柔软的云朵，太阳透过玻璃照射在我的身上，形成了炫目的光晕，异常温暖。

望着三三两两的人群和窗外的风景，一番岁月静好的模样，想到自己即将面临长达两个月的冰天雪地中的拉练与攀登，心中除了向往，还有些不安与不舍，对于眼前这平凡的一幕突然贪恋起来。

背着大包小包，揣着我的各种攀登装备和生活用品，满怀兴奋与梦想，我期待着飞往尼泊尔加德满都的航班。为了记录梦想启程的每一个瞬间，就在登机的

▲ 那里终年积雪覆盖，想要翻越，困难重重

前一刻，在茫茫人海中我拽住一个共同登机的看起来比较和善的大哥，请他帮忙给我拍个“打卡照”。

或许是直觉，或许是对自己的旅程充满了未知与担忧，我忍不住跟大哥攀谈起来。那位大哥穿着灰色T恤、浅绿色外套，戴着眼镜，看起来文质彬彬，和我一样背着个双肩包，丝毫没有让我想到，他即将成为与我患难与共的挚友。

看模样我以为大哥是中国人，于是一段简短但神奇的对话展开了：

“您是去尼泊尔旅游？”

▲ 我和凯邂逅于昆明长水机场，日后成为登顶珠峰的亲密队友

大哥点头一笑："是的，去尼泊尔。不过，不是去旅游，是去登山。"他用不太流利的中文回答我。原来不是中国人。

因为有着共同的爱好，我又忍不住问下去："您去登哪座山啊？"

"珠穆朗玛峰。"

我高兴得差点叫喊出来："我也是！"

我们越聊越投机，继续聊下去才发现，我们居然是同一个登山公司、同一个登山队伍的，原来我们是队友！

那种兴奋的感觉就像小时候在新生刚开学报到时，你在人群中遇到了同班同学，而且是同桌。虽然随着年纪增长，不会再因为独自在外举目无亲而手足无措，但遇到同行人仍会感到欣喜。

大哥叫凯，是美籍越南人，有着标准的亚洲面孔，比较接近广东人的长相，

▲ 飞向珠峰途中，窗外万米高空中的"祥云"

也难怪我错把他当作中国人。当时的凯任职于美国高盛集团公司，是一位成功的商务人士，更是个标准的背包客，他的足迹遍布100多个国家，如今也是为了梦想飞向珠峰。

登机排队的短短十几分钟，我们就成了朋友，直到进入机舱，不得不因为分开落座而结束了畅谈。

在后来朝夕相处的日子里，凯在某种程度上也影响了我——在珠峰大本营两个月的操练中，我的英语口音从浪迹天涯时的“中东味儿”终于靠向了“美国味儿”！

不过，最重要的是，在攀登珠峰结束后，他成为我心目中的英雄——当梦想与生命碰撞时，他教会了我人生最重要的一课。时至今日，虽然远隔重洋，但我们也会经常联系，聊聊彼此的人生和故事，以及下一个还未实现的梦想。

在启程之初就碰见了队友，我相信这是个好兆头，同时也让我忐忑不安的心多少安稳了一些。原来在追求梦想的路上，我并不孤单。

飞机轰鸣着飞往加德满都。此刻，我望着窗外万米高空中的云层思绪万千，三个小时后，我即将离我的梦想更近一步。我用了5年时间，才确定了攀登珠峰这件事，这是我第一次拼尽全力想要达成的心愿。

▲ 攀登的意义不在于登顶，而在于登山过程中经历的磨难与成长

"大龙，登珠峰那么危险，你一定要去吗？"

"兄弟，我看你是清静日子过够了吧！"

"登上了珠峰，又怎么样呢？"

这是启程前我被人反反复复问过的问题，很多人都不理解：登珠峰有意义吗？冒着生命危险去攀登值得吗？

如果考虑到世俗意义上的价值——名与利，那确实不值得，有更多安全可靠的途径可以获得名利，登珠峰是性价比最不高的一种。

但在我看来，没有任何事情能与攀登珠峰相提并论。登顶的体验是真实、永恒且具体的。不可忽视的危险赋予登山这项运动严肃性，而这恰恰是我的生活中所缺失的，我因找到这种新的生活方式而兴奋不已，可以预料它将彻底颠覆我日复一日的平淡与琐碎，并实现个人的成长与蜕变。

▲ 我相信，只要不断努力，总会在人生的"最高峰"遇到最好的自己

除却质疑，我收到的更多的反馈是对我生命安危的担忧，考虑到攀登中可能遭遇的种种不测，我该不该去冒险？

关于这个问题我思考得很清楚，我给自己定下了目标——登顶，然后安全返回。如果不能登顶，我会再给自己一次机会。攀登的意义不在于登顶，而在于在登山过程中经受磨难的洗礼，成功登顶并安全返回，这样的登顶才有价值。如果说登顶的人都是勇士，那么懂得撤退的人就是智者。

如果为了攀登珠峰而付出生命，那肯定不值。我还年轻，我的梦想也不止攀登珠峰这一件事，我还有许多想去追求的目标、未做完的事和未曾到达的远方，也有爱我的亲人和我所爱的人。我对大自然保有敬畏，更对生命保有尊重和珍视，如果没有做好充足的准备，我也不会逞一时之能而置自己的生命和家人的担心于不顾。

我想夏伯渝老师的故事最具代表性，他也是我所敬佩的追梦人。作为中国第一位依靠假肢登上珠峰的人，他为了登顶珠峰，足足用了43年。43年以来，夏老师经历过双腿截肢、癌症病痛、雪崩、地震，每一次快要接近峰顶时，老天总要和他开个玩笑。但夏老师没有放弃，凭借自己对梦想的坚持不懈与深沉热爱，在第五次冲顶珠穆朗玛峰时，终于被珠峰接纳，于69岁高龄成功登顶。

夏老师的故事一直激励着我前行，69岁的他还在坚持着梦想，何况才29岁且四肢健全的我呢？

我对生活的渴望就是以自己喜欢的方式度过一生，哪怕一路荆棘、哪怕前路未卜、哪怕流言蜚语，只要我不断努力，我相信总会在人生的“最高峰”遇见最好的自己。

我，一个从普通农村家庭走出来的孩子，即将踏上攀登珠峰之路，这在多年前是不可想象也不敢想象的。如今即将为了梦想冲刺，我被幸福感包围的同时，感觉一切又是那么地不真实。我想这也许就是梦想，它是人类基因里与生俱来的重要宝物之一，等待着你的珍视和实践。

重拾珠峰梦

攀登珠峰出发前是什么心情呢？兴奋？激动？慌张？其实都没有，我的内心很平静。这些年，我从身体上和心理上都做好了准备，兴奋和激动也磨平了许多。5年一晃而过，中间经历过疾病，经历过窘迫，最终还是来到了这一天，心里满是欣慰和感恩，感恩自己能有机会去追逐梦想。唯一让我感到窘迫的，是几个月前拉赞助的阶段，过程不算顺利，向一些在社会上摸爬滚打过很多年的人推销你的梦想，让别人为你的梦想买单，不是那么容易的事。尤其是近年来，攀登珠峰成功的人不算少数，大众的关注度也没有以前那么高了，别人为什么要投资我呢？我一直在思考这个问题，最终给他们的答案是：

第一，为了攀登珠峰，我已经做了5年的准备，我有信心可以登顶。

第二，户外探险是我一辈子都会去做的事情，而非一时兴起。往前有故事，往后有规划，而珠峰是我要挑战的一个里程碑，在里程碑“留名”非常具有价值。

第三，我擅长记录和传播，已经坚持做自媒体多年，积累了经验和粉丝群。

第四，多年的户外经验，锻炼了我耐心细致的习惯，使命必达。

就这样，我最终拉到了20多万的赞助，包括华为赞助的手机。记得在珠峰大本营时，一位巴基斯坦大哥看到我用华为手机，非常惊喜。他晃了晃手中国外华为分公司赞助的手机，我自豪地从包里拿出4部华为赞助手机，一字摆开，大哥惊呆了，羡慕地表示华为手机在高山上摄影很好用。看着大哥羡慕的目光，我的民族自豪感油然而生。

尼泊尔时间下午5点，经过4个小时的飞行，飞机平安落地加德满都特里布万国际机场。从飞机上俯瞰加德满都，低矮的红白色为主的楼房像俄罗斯方块一样展开，较少有高楼大厦，和4年前第一次来时相比，没有特别的变化。天气很好，和昆明也几乎没有温差，办理完入境就可以和登山公司会合了。

加德满都这座拥有1300多年历史的古城，坐落在喜马拉雅山中段南麓，是“高山王国”尼泊尔的首都。地球上最高的14座山峰中，有8座全部或部分位于尼泊尔境内，它们的海拔全部在8000米以上。“霁天欲晓未明间，满目奇峰总可观”，每到日出与日落时分，巍巍雪山总会绽放皎如日星的神圣光芒，被人敬仰地称为“众神的白色座椅”。同时，加德满都还是一个“寺庙之城”，寺庙比房屋

▲ 最终，我拉到了20多万的赞助费，以及若干赞助品

多，供奉的神比人多，拥有丰富的宗教和建筑遗产。这座极富魅力的城市吸引着众多热爱人文历史和户外运动的人前来旅行。

我和凯一起下了飞机，我俩一前一后的几个硕大登山包在人群中也并不显眼，因为尼泊尔是户外旅行者的天堂，来到这里的人，大部分都是为了徒步旅行或者登山，身后都有一个硕大的背包。等待行李的时候，我遇到了此行另一个重要的伙伴——李渊。我们是2018年在冬季反季节攀登岗什卡雪山时认识的，这次相约在机场见面。李渊是落地签，我用我仅有的一点词汇量帮他填写了签证资料，每当这种时候，我都会想起这点词汇量还是当年大学毕业后从中东去非洲的8个月里学来的，不禁感慨。至于李渊，他是国内著名登山家，经营着一家登山公司，是个很有性格的攀登者，也是中国登山界的前辈。此次珠峰之行，我们属于同一个登山公司。

4月的加德满都刚进入夏季，温度还很舒适，热闹嘈杂的叫喊声和喇叭声此起彼伏，熟悉的感觉让我有点恍惚，好像昨天才离开加德满都，今天又回来了。

登山公司的老板在机场外迎接我们，看到我们一路小跑过来，给我们戴上了事先准备好的哈达。搬运行李时，热情慷慨的尼泊尔小伙子一包又一包地抢着帮我们往车上搬东西。来尼泊尔这么多次，总觉得尼泊尔人似乎拥有无限热情，对待异乡人十分善良随和，若他们知道你来自中国，会大方地用不太标准的中国话向你问候，在尼泊尔，这样的温暖自然而然也随处可见。

这是我第七次来尼泊尔了，第一次是大二的那次徒步，第二次是2015年在蓝天救援队参与尼泊尔地震救援，其余则是工作时带团来旅游。距离大地震已经过去了4年，这里又恢复了往日的热闹，经济也比以前更加繁荣。记得2015年，尼泊尔的街上还是以摩托车为主，就算有小汽车，也是其他国家已经淘汰、极其老旧的车型，这次看到了很多崭新又高档的车。

刚到酒店不久，一位干练漂亮的女孩就找到了我们，她细致地询问了我们的

▲ 抵达加德满都，登山公司的老板在机场外迎接我们

基础信息和登珠峰的详细计划，这些信息将会被录入喜马拉雅数据库。这个数据库记录了1905年以来喜马拉雅山脉几乎所有的攀登者数据，对每一位攀登者而言都意义非凡。这项复杂而庞大的工作开始于1963年，最初由美国记者伊丽莎白·霍利（Elizabeth Hawley）走街串巷，将一条条信息手动进行整理，直到1991年才实现数字信息化。伊丽莎白在1957年从《财富》杂志辞职后开始环球旅行，两年后第一次来到尼泊尔，就决定在此定居并工作，直到2016年才退休，为登山事业工作了56年。向她致敬！

我见过了太多像伊丽莎白这样从事登山探险事业的人，他们每个人的经历都独具传奇色彩，绝不千篇一律。

闲逛加德满都

登记完信息，接下来的三四天没有重要行程，是登山公司帮我们办理登山证件和等待队友会合的时间。我们先是找银行兑换了满满一箱尼泊尔卢比，体验了一回“家财万贯”的感觉，然后去户外用品店补充了一些登山工具。加德满都有很多户外用品商店，一些国内比较少的国际品牌在这里都比较齐全，价格也会比国内相对便宜一些。

在加德满都，不得不逛的就是泰米尔街区了，它不是一条街，而是由多条街组成的一个区，有很多街道小巷在该区域内交会穿叉，是加德满都著名的购物天堂。当地的工艺品和特产有羊绒、珠宝、披风、唐卡和菩提等，琳琅满目。

几乎每一个来尼泊尔旅行的人都会来泰米尔街区逛一逛，这片街区位于加德满都市中心，被称为“加都的小香港”。泰米尔街区的热闹与繁华不是高楼林立与车水马龙，相反，这里的繁华可以用混乱和拥挤、嘈杂来形容，这里就是最真实、最能体现尼泊尔民族特色的地方，泰米尔呈现的不是一个脱离尼泊尔的乌托

NEPAL
TREKKING
DHURI
中通快递
JOMO
OYO
DHL
FedEx
GLS

PHONE
PRINT
PHOTOCOPY
SIM CARD
LAUNDRY
韩国餐厅
Korean Restaurant
Honey Bees
PHARMAC
Coca-Cola

▲“加都小香港”——泰米尔街区

邦，而是尼泊尔所有元素的集合。

在泰米尔，任何小众群体都能找到自己的归宿，你会看到背包客、嬉皮士，也会看到摄影师和文艺青年，他们身处尘土飞扬的街区，却如僧侣一般淡定从容。在这里，他们可以完全沉浸在自己的世界中，不管世事纷扰。

假如说尼泊尔是中国人跨越喜马拉雅的造梦之所，那么泰米尔街区便占有三成。如果你厌倦了模式化的商业街区，这里则可以让你耳目一新。泰米尔街区有一家“中华面馆”，身处异国他乡的中国人在这里可以饱尝家乡的味道，这家面馆里还有一种面叫“珠峰大排面”，专为攀登珠峰者而做，如果登顶过珠峰，这碗面则永远对你免费。虽然只是一份小小的情谊，但一碗小面却承载了老板对登山者们难以言表的支持与崇敬。

逛完泰米尔街区，我又去加德满都的寺庙走了走。加德满都素有“寺庙之城”的称号，大小寺庙共计2700多座，在最繁华的市中心集结的庙宇、佛堂、经塔和寺院也有250多座。这里拥有亚洲最古老的佛教圣迹之一——建于公元前3世纪的斯瓦扬布纳特寺，以及世界最大的圆佛塔——博达哈大佛塔。色彩斑斓的唐卡、金光灿灿的经轮、空气里充满着浓浓的酥油味……走在寺庙里，仿佛时间都停滞了，不知是城市为寺庙保持了一份古朴，还是寺庙为加德满都静了心。不管多年之后，加德满都是否会有很多高楼大厦，寺庙里是否还会信徒众多，现在的加德满都，虔诚之心天地可感。

次日下午就要正式开始珠峰行程，我提前找了家小理发店，花费500尼泊尔卢比（约人民币30元）剪了个寸头，这次攀登珠峰前后将历时2个月，个人的卫生问题也需要考虑，算是给自己梦想的开端增加一些仪式感。

夏尔巴式的EBC徒步环线

Day1，4月11日下午，抵达卢卡拉。

登山队集合完毕。我们的登山队一共有15人，大家到达的时间不同，攀登的计划也不相同，有的人还要去攀登马卡鲁峰，或者洛子峰、珠峰连登，他们已经在山里开始拉练了。我们这个小队的人都是只去攀登珠峰的，被称为“珠峰小分队”，共有5人。小队里有3名中国人：我、李渊，还有一位在上海做文化公司、热爱攀登的江大哥。剩下的两位，一位是之前提到的美籍越南人凯，还有一位是来自波兰的瓦伊泰科，他也同样热爱生活，攀登珠峰对他来说就是想体验人生不同的乐趣。

接下来我们要乘直升机去卢卡拉，再从卢卡拉徒步去珠峰大本营。

卢卡拉机场，也叫“丹增·希拉里”机场，由首次登顶珠峰的两位攀登者的名字组成。机场位于海拔2840米处，气象复杂、场地有限，位列世界十大危险机场排名第一位。我们平时乘坐的民航客机跑道一般大约3600米，而卢卡拉机场的跑道长度只有460米，宽度只有20米。虽然在这个机场执飞的飞机机型很小，但是危险系数仍然高到可怕，06号跑道的尽头是千仞绝壁，24号跑道的尽头是万丈深渊，它们被称为“世界屋脊上的跑道”。

为了安全起见，我们选择了较为昂贵也更为安全的直升机前往卢卡拉。如果你的旅行时间充裕，又不想冒险坐飞机去卢卡拉，可以选择从加德满都坐车至吉里，然后徒步3~5天到达卢卡拉，不过这一段没有风景，也没有背夫，很浪费时间和体力。

在我们落地卢卡拉机场的第三天，机场就发生了一场严重的撞机事故，造成3人死亡。看到新闻的时候，我不禁有些后怕。这趟旅程刚开始，死亡就离我们如此之近，是不是意味着此行也将充满危险与挑战？

到达卢卡拉之后，我们需要走EBC徒步路线去往珠峰大本营。EBC大环线全称Everest Base Camp大环线，坐落在尼泊尔珠峰南坡的萨迦玛塔国家公园内，位于昆布冰川延伸出的冰塔林旁，海拔5350米。由于EBC这一称呼在国际上的知名度远远大于萨迦玛塔，所以大家去萨迦玛塔国家公园徒步都会说成去EBC徒步，EBC大环线也被称作“世界十大徒步线路之首”。

4月是尼泊尔很适合徒步的季节，雨水少，景色也好，恰逢珠峰攀登季，一路上可以看到很多攀登者和徒步者。

自1953年，新西兰人埃德蒙·希拉里和夏尔巴登山家丹增·诺尔盖一起首次登上珠峰起，历届经验丰富的攀登者们和生活在珠峰脚下的夏尔巴向导们逐渐摸索出一套攀登珠峰的经典流程：先适应高原环境，从海拔2000多米徒步到海拔5000米，再在海拔5350米的珠峰大本营进行适应和拉练，随后再到7300米的高海拔处进行拉练，最后返回大本营休息、储备体能，大概一周后选择合适的时间冲顶，整个过程大概需要50天。

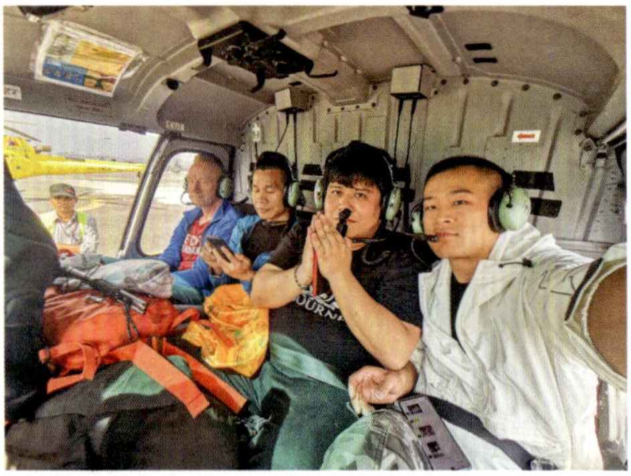

▲ 危险的卢卡拉机场与经典的EBC徒步路线

这套攀登流程使人为因素造成的攀登意外大大降低，加上登山公司的后勤和服务越来越专业，行程一开始，我们这些训练有素的登山者甚至倍感轻松。

Day2，4月12日，从卢卡拉到南池市场。

这一天我走了18公里，用时10小时，上升至海拔3440米处。尼泊尔是徒步爱好者的天堂，4月份也刚好是徒步旺季，在这里，徒步不用做“苦行僧”，有当地的夏尔巴背夫可以帮你分担行李，轻装前进的悠然使我享受到了行走在异国他乡的乐趣，置身于雪山、峡谷与村庄之间，穿过成片的树林，路过雷鸣般的瀑布和潺潺的溪流，地平线上耸立着那些我上学时便魂牵梦绕的山峰。我于国内外走过很多徒步路线，唯有尼泊尔的徒步路线是最舒服的，我把它称为“夏尔巴式”的徒步。

尼泊尔是世界上自然风景最优美的国家之一，沿着喜马拉雅山麓，从海拔约100米的塔拉平原，到海拔约1300米的加德满都山谷，再到海拔8000米以上的8座雪山，最后到“世界之巅”——珠穆朗玛峰，可以观赏到不同的地形与景观。每一次抬眼，每一次镜头闪烁之间，都是全景观的视觉盛宴。

除却自然的胜景，尼泊尔徒步路线上的配套设施和人员服务也算是世界顶级的，一路沿途3～5公里处就会有村庄客栈，无论是想购物或是想住店，随时可以按需调整自己的行程节奏。

南池市场是EBC大环线中唯一的一个大型村镇，是夏尔巴民族的主要聚集区域，餐厅、旅馆、酒吧、工艺品店、银行和图书馆等应有尽有，几乎可以满足所有的日常需求。这一天我见到了很多学校里的小朋友，尽管条件艰苦，小朋友们的衣服不够新潮漂亮，也没有很多玩具，但他们依然开心，脸上洋溢着天真无邪的笑容。尼泊尔虽然贫穷，但幸福指数非常高，这大概就是信仰的力量，因为信仰，他们看到的都是山与神灵的馈赠，而非物质的匮乏。

▲“世界十大徒步路线之首”——EBC 大环线上的胜景

▲ 洋溢着纯真笑脸的尼泊尔孩童

Day3，4月13日，在南池市场整顿休息，为明天的攀登蓄力。

我们休息的时候，看到很多夏尔巴人仍然背着沉重的行李赶路，提前去海拔5300多米的珠峰大本营运送物资装备，清理大本营平台上的碎石与冰块，修建营地和搭建帐篷。夏尔巴人，藏语意思为“来自东方的人”，他们的祖先据说来自中国西藏，如今则分布在喜马拉雅山脉的两侧，大多数生活在尼泊尔，少部分散居在中国西藏、印度和不丹，总之都是平均海拔4500米以上的地方。

不熟悉喜马拉雅地区的人会认为大部分尼泊尔人都是夏尔巴人，但实际上在这个面积相当于辽宁省，人口超过2000万，有着30多个不同民族的国家，夏尔巴人的数量只有不超过2万。

夏尔巴人的身体早已进化出一种适应恶劣低氧环境的特殊基因，同时他们血液中的血红蛋白的浓度高于常人，血压也比较低，让他们能够长时间在氧气含量较低的情况下，也能保证大脑供血充足，从而进行正常的体力劳动。但是这份体力工作并没有因为只有他们可以胜任而变得值钱，尽管背夫在当地已经算是高收入群体，但普通背夫一年的收入也不超过一万元人民币。夏尔巴人一般在十三四岁就开始从事这项工作；四五年后，如果有合适的机会，才可以去高海拔的珠峰大本营服务，收入也随之上升；再做几年，才能成为高山向导，去海拔5200米以上的地区工作，但高山向导需要在高山上放置各种路标、清理冰裂缝和搭建金属梯子等，对体力和技术考验很大，只有极少数拥有异于常人的脚力和耐力的夏尔巴人才能胜任，这个时候，收入会有质的提升，一年能赚到十几万人民币，但是危险指数也成倍上升，如果没有登顶经历，可能就没有客户，但是每一次登顶都意味着可能丧失生命。

在尼泊尔，夏尔巴高山向导非常受人尊重，因为他们服务的商业登山队客户多数都拥有雄厚的资金实力，可以给尼泊尔或者夏尔巴村庄带来各种各样的赞

▲ 夏尔巴人的身体里有一种特殊基因，让他们能够长时间的在高原进行负重劳动

助，加快村庄的发展。和希拉里一起首次登上珠峰的夏尔巴人丹增·诺尔盖，也是夏尔巴的民族英雄。所以尽管这份职业很危险，有能力的夏尔巴人还是会选择为高山、为民族奉献他们的一切，包括生命。

我的夏尔巴向导是一位帅气的小伙儿，在每次徒步休息的时候，我们也会闲聊。

我问他的梦想是什么？他说谈不上梦想，就是希望未来能赚到更多的钱，让自己的孩子可以去上学，去到大城市里，去到更好的国家。他们的工作异常辛苦，甚至在用生命换来那份养家的薪水，随着这些年攀登事故的增加，每年都会听闻夏尔巴人在工作中遇难，而我的背夫背着几十斤的行李翻山越岭，连一双专业的登山鞋都没有，脚上的一双老旧凉鞋看起来比他小孩的年纪还要大。像他这样的背夫在夏尔巴人里有很多，他们在艰苦的生活条件下勤勤恳恳地往返于高海

▲ 高山向导对体力和技术考验很大，只有极少数夏尔巴人可以胜任

拔山峰之间，用身体连接起来自世界各地的攀登者和珠峰，为家人和族人谋求福祉，可谓是“最辛劳的人民”，向他们致敬。

Day4，4月14日，从南池到天波切。

这一天，我徒步了9.3公里，用时5小时，上升到海拔3860米处，距离珠峰直线距离23千米。天气连日晴朗，抬眼就能看到珠峰，峰顶仿佛触手可及。这里有一座天波切寺庙，是宝贵的历史文化遗产，同时也是昆布山谷地区最大、最著名的寺院之一。它坐落在群山环抱之中，可以看到附近的珠穆朗玛峰、努子峰、洛子峰、阿玛达布拉姆峰和唐瑟古峰的壮丽景色。

除了徒步和逛寺庙，更难得的是，在这海拔3860米的夏尔巴村庄，我和当地的中学生还有僧人，组成了一支高原排球队，就着村民们修建的简易排球场打了

▲ 昆布地区最大、最著名的寺院之一——天波切寺庙

▲ 海拔3860米的“高原排球队”

一小时排球，这也是旅行中难忘的小插曲了。正常来说，在海拔将近4000米的地方，已经是人迹罕至、空气稀薄，连呼吸都变得困难，更别提剧烈运动了，但坚韧的夏尔巴人还能苦中作乐，在这高寒缺氧的环境里，以蓬勃之势野蛮生长。

Day5，4月15日，从天波切到丁波切。

徒步10公里，用时6小时，到达海拔4410米处。今天天气不错，我和队友在附近寺庙拍了一些照片留念，留下了一张我们小分队珍贵的大合照，而这张照片，也是我们此行的最后一张集体合照。

嫣红色的寺庙在雪山脚下格外地显眼，寺庙规模不大，修行的条件也很一般，甚至可以用艰苦来形容，但这里的僧人无论风霜雨雪仍坚守于此，每日虔诚地诵经祷告，也使我深深地领略到尼泊尔作为一个宗教国家，其信仰的坚实力量。

看着他们深居于此令人无限敬仰，他们的精神和纯真的情感更是令我动容。我满怀着登顶的心愿将寺庙中的转经筒都转了一遍，还得到了大师的亲自祈福，祈祷我们都能平安归来。

▲ 嫣红色的寺庙在雪山脚下格外地显眼

Day6，4月16日，从丁波切去罗波切。

今天我徒步了8公里，用时5小时，上升500米，到达海拔4910米处。随着海拔的上升，空气愈加稀薄，身体也愈发沉重起来。突然，上百座登山遇难者的衣冠冢出现在道路旁的乱石堆里，看到这一片毫无章法、远离尘世的衣冠冢，气氛开始变得凝重，我和队友们相顾无言，大家不约而同地低着头默默赶路，这压抑的景象令人不禁发怵，每个人都各怀心事，担心自己是否会成为其中一员。

接着我被一面红旗吸引，视线上移，我看到了中国境外登山遇难勇士纪念碑，上面写着“他们摆脱了尘世的枷锁，触及上帝的脸庞”，石碑上刻着戈振芳、刘向阳、哈文艺3位登山者的石像，还有杨春风和饶剑峰的名字。杨春风和饶剑峰是中国著名登山家，也是民间登山运动的积极倡导和开拓者，组织过大型雪山攀登、户外徒步探险等各类经典徒步探险路线。2013年6月23日，他们和另外7位登山者在攀登巴基斯坦南迦帕尔巴特峰时遭遇恐怖袭击，遇害身亡。

他们中有人登顶过珠峰，有人攀登过10座海拔8000米以上的山峰，如今就这样静静地在雪山间遥望着珠峰，与珠峰从日出相伴至日落。

我向这些石堆深深地鞠了一躬，驻足良久，读了纪念碑上每个人的名字：杨春风、饶剑峰、陈宏路……虽然素昧平生，不知道每个石堆代表着谁，但他们用生命诠释了令人钦佩的攀登精神。

▲ 中国境外登山遇难勇士纪念碑

那一晚，我许久都没能入睡，脑海中反复浮现着白天看到的众多石堆和衣冠冢，珠峰下舞动的经幡，以及那些闭眼祷告的虔诚僧人和他们手中不停转动的转经筒……这一刻，我似乎明白了信仰的力量，它是生活在残酷的自然环境里的人们所能拥有的最大限度的心理慰藉。

第二天醒来，手机里又塞满了家人和朋友发来的支持与鼓励的信息，我的心情才稍做轻松，他们是我这一路走来最大的抚慰。

PART 4

珠峰“露营”记

我们已经在峡谷里数周，现在，终于能够面对大片的天空，眼前的景致在光影交错中变幻。在等待其他队友上来之际，我站在帐篷外，双手举起，一个月前珠峰还耸立在远方，现在我居然能站在中段的大本营仰望它的风姿，这个做了5年的梦让此刻凝视着它的我不禁颤抖起来。

珠峰是个『联合国』

4月17日，从罗波切出发前往珠峰大本营，大概要走7公里，也是EBC大环线单程的最后一站。

一路上人特别多，一条窄道上人挤人，排了大概有七八百米，站在路边休息的人也有很多。随着海拔不断升高，我和队员们都有点吃不消，喘着粗气、举步维艰。在茫茫山野中，一行人艰难缓慢地排队挪动着，颇有点长征的味道。一路上不断有直升机从头顶飞过，通常情况下，登山公司需要的绝大多数物资都由牦牛或直升机送抵大本营。

与此同时，身边不断有夏尔巴背夫绕道超过我们，他们每人背着50斤左右的属于登山队员的大包。他们躬身行进，速度大概是我们的两倍，基因赋予了他们适应高海拔的天赋，为了生计，他们也在不断挑战着自己的能力极限。

一路上最难的是翻越垭口，需要爬坡，不仅路难走，两边都是斜坡，而且风也很大，特别冷，我被冻得上下牙直“打架”。山上的雪不是一片一片地飘下

▲ 从罗波切出发前往珠峰大本营，大概要走 7 公里

▲ 去往珠峰大本营的最后一段路，我们遇上了风雪天气

来，而是一颗一颗地往下掉，落到身上，感觉像是冰雹在砸。

我们徒步了5个小时，终于走完了一半，到了中间的休息点。之后就是去珠峰大本营的最后一段路程了，我开始激动起来，有一种要回家的感觉：终于不用再每天收拾东西、换地方、住旅馆，可以一直睡自己的帐篷了，也可以吃到登山公司准备的中餐，甚至马上就要告别这几天以来的高强度徒步了。这些天的赶路让我的身心非常疲惫，迫切需要休息一下。

翻过一段乱石坡，到了相对平坦的地方，离大本营越来越近了，我和我的波兰队友无比兴奋，奔跑了一小段路。在海拔5300多米的地方跑步，是一个既危险又让人尴尬的行为，因为跑完我们发现自己有点大小便失禁，极度缺氧让身体调节开始失衡。不过，从刚开始迈步都特别的沉重，到现在能跑上一小段，身体也在逐渐调整，开始适应高海拔。

很快开始变天了，漫天白云变成了乌云，风越刮越大，温度也越来越低，这时候登山公司终于接到了我们，顺便带来了热茶。在高海拔地区，人体每天需要摄入的水量比在平原地区要多一升，登山公司的安排让我们感到了家一般的温暖。

到达珠峰大本营时，雪越下越大，但是每个人都抑制不住激动的心情。大本营今年共有300个攀登者来攀登珠峰，来自全球40多个国家，中国有40人，印度人最多。远远就能看见漫山遍野都搭起了五颜六色的帐篷，大致数来估计能有几百顶，红的、蓝的、黄的帐篷将雪白的山涧点缀得仿佛童话小镇，也让原本寂静的珠峰变得热闹非凡。

我们在大本营走了40多分钟才找到自己的营地。在这一天时间里，仿佛经历了四季流转：一大早的漫天大雪让我不得不穿上羽绒服，快到中午时雪停了，太阳一出来，又热得像身处东南亚；中午过垭口的时候风很大，很像北方萧瑟肃杀的秋天；快到大本营的时候已经是下午，穿上厚厚的羽绒服似乎都挡不住那刺骨的冷。不过也有不怕冷的外国人，一直穿着短袖，除了佩服他们强大的抗寒能

▲ 一个月前珠峰还耸立在远方，现在我居然站在大本营仰望它的风姿

力，作为一个冬天生活在暖气房里的中国北方人，我突然间有些崩溃和想家。

我们团队驻扎在大本营中还算不错的位置，视野也相对开阔。

各个登山公司早在一个多月前就进山划定了地盘，同样品牌、颜色的高山帐篷基本上是属于同一个登山公司的。我的帐篷所在的位置，可以看到珠峰的南坡，附近还有被称为“珠峰第一滴泪”的冰湖，湖面闪耀着清澈湛蓝的波光，远处的阿玛达布拉姆峰也清晰可见。

我们已经在峡谷里数周，现在，终于能够面对大片的天空，眼前的景致在光影交错中变幻。在等待其他队友上来之际，我站在帐篷外，双手举起，一个月前珠峰还耸立在远方，现在我居然能站在中段的大本营仰望它的风姿，这个做了5

▲ 珠峰的第一滴眼泪——冰湖

年的梦让此刻凝视着它的我不禁颤抖起来。

与其说这里是大本营，不如说更像是一个小小的“联合国”。尼泊尔这几年力推攀登珠峰活动，也大大吸引了全球各地的攀登爱好者。

我所在的团队是一支纯正的国际登山队，不过这并没有阻碍我们的社交生活。虽然大家语言不通，但因为有着共同的目标和爱好，简单的英语再配上肢体语言，也能让我们沟通无碍，甚至在拉练期间，我的英语还得到了显著提升。不仅如此，我与他们中的一些人还建立了深厚的友谊，比如前面提到的来自美国的酷老头丹、来自越南的凯、来自巴基斯坦的阿里、来自新加坡的小伙吉米、来自波兰的瓦伊泰克和来自印度的两兄弟。

▲ 珠峰大本营像一个“小联合国”，吸引着全球各地的攀登爱好者

▲ 雪后的珠峰大本营，我们团队驻扎的位置，视野十分开阔

晚饭时间，我们这些来自世界各地的登山爱好者聚集在营地的餐厅里，喝着热茶、聊着天，渐渐地，我才感到寒意褪去了一点。

15位队友第一次相聚，大家分别做了自我介绍，随后一起吃饭，菜式以中餐为主，有炒香肠、洋葱鸡蛋，还有炝炒油菜，来尼泊尔10天了，终于可以吃到一顿中餐，喜悦的心情溢于言表。晚餐后，大家又说着笑着聊了很多，可能因为白天那一段路的奔跑，也可能是第一次聚餐过于兴奋，我突然间头痛得厉害，渐渐开始头晕目眩起来，大伙的面庞也渐渐变得模糊……考虑到明天一早还有热身训练，我便踉踉跄跄得早早离去，收拾帐篷睡觉了。

大本营『初体验』

正式攀登珠峰前，我们需要在大本营适应训练一个月。

如果把登珠峰比作高考，那我们就是高三的学生，攀登珠峰前我们需要进行“单元考”“月考”“模拟考”，还有考前分析等。除却考验学生的个人能力，两者唯一不同的是，高考的风险主要来源于个人的心态，而攀登珠峰除却心态，还要面临大自然的变幻莫测。

我们所在的珠峰南坡线路上设立了4处营地：海拔5963米的C1营地，海拔6400米的C2营地，C3、C4营地分别“悬挂”在海拔7300米和海拔7900米的峭壁上。我们现在所处的是海拔5350米的珠峰大本营，需要在这里进行前期的热身训练。

在珠峰大本营的第一天，我睡得并不好。帐篷里面地势凹凸不平，睡袋总往下滑，而且大本营的晚上太冷了，是再厚的羽绒睡袋也挡不住的寒冷。早上起来，睡袋上都是冰碴，水杯里的水也被冻住了。我被冻得头疼，呼吸急促，心跳

▲ 营地的天气反复无常，上一秒阳光刺眼，下一秒乌云笼罩

特别快，血氧值很低，想到未来40多天都要在这么艰苦的环境下待着，我有点泄气。在如此酷寒的环境下我连脸都不愿意洗，牙也不愿意刷，晚上更不愿意去上厕所，一切仿佛都回到了最原始的状态，仅仅是感受到平稳的呼吸，我就已经非常庆幸和知足了。但不幸的是，这里的天气似乎总是反复无常。

喝了点热水，我糟糕的心情才得以缓解，想要走出帐篷去熟悉一下营地。

与恶劣的环境形成强烈反差的是冒险顾问公司周全的生活设施安排——营地里除了登山队员的帐篷外，还有厨房、洗澡间和卫生间。其中，厨房的占地最大，由4个方正的大帐篷组成，里面有尼泊尔餐厅、中餐厅和西餐厅，还有一个仓库。洗澡间是单独的小帐篷，配备一瓶洗发沐浴二合一的沐浴露，待工作人员烧好热水之后，我们就可以往身上舀水洗澡了。卫生间有点简易，一个帐篷里垒起两个石堆，中间放置了一个套着塑料袋的垃圾桶，大小便就在桶里解决，每天都会有专人把这些垃圾收集起来运下山，不会直接丢弃在山里。我曾多次听说珠峰被日益增多的人群随意丢弃的垃圾变成一个大垃圾场，但是近年来这里的环境已经得到保护。因为在1990年，这里曾经发起过一次将5吨垃圾从大本营清除的活动，当时的珠峰攀登者罗布·霍尔和他手下的几名向导与加德满都政府合作，制定了一系列鼓励登山者保持珠峰清洁的措施。到了1996年，各探险队除了缴纳许可证费用外，还要缴纳4000美元的保证金，只有将一定数量的垃圾运回南池巴扎和加德满都后，保证金才能被退回。大本营熙来攘往如同蚁穴，这个政策的实施很大程度上保护了大本营的自然环境卫生。

4月18日，一整天没有训练安排，我们主要在营地周围活动。

今天还进行了隆重的“煨桑”仪式，也算是开营仪式吧。尼泊尔是个宗教信仰浓厚的国家，可以随处看到寺庙、僧人、经幡和修行者们，而人们对神山也充满着敬畏之心。

经幡在石块堆砌的玛尼堆上高高悬挂，随着风肆意飘扬。大家围坐在一起，每次登珠峰都会有这个祈福仪式，祈求山神保佑，顺利登山。仪式大概两个小时，会请一位喇嘛主持念经，他一边敲着鼓，一边拿着类似大米的粮食，抓一把，撒向空中，再沾水往上弹，最后燃烧松柏枝。大家面前有一个祈福台，上面放了很多供品，并焚了香，下面摆满了登山要用的装备。这个仪式来源于古代藏族战士上战场打仗的时候，把自己的兵器放在祈福台上供喇嘛念经祈福的传统。喇嘛念完经后，大家会用白色的颜料相互涂在脸上代表好运和祝福，之后吃掉供台上的贡品。

夏尔巴人是大山的子民与虔诚的佛教徒，四五百年前他们的祖先从中国西藏

▲ 开营煨桑仪式——蓝天之下，雪山之间，藏香缭绕

南迁而来，而煨桑是藏族最盛行的一种宗教仪式。“桑”本意为“清洗、消除、驱除”等净化之意，经上说，本尊护法是不食人间烟火的，只要闻到桑烟之香味便宛如赴宴，藏语称其为“智萨”（即食味）。所以僧俗民众总是到寺院和山顶煨桑祭神，给神灵以供养，给自己以精神寄托。

蓝天之下、雪山之间，藏香烟雾缭绕，这一刻无论来自哪个国家、是何肤色，无论说着哪种语言、是何信仰，大家都成为虔诚的祈愿者，心愿只有一个——平安登顶，平安回家。

虽然在大本营的第一天没有集体的登山训练，但为了保持身体状态，我们还是攀登了一段作为热身。

4月19日，这一天我给自己定的任务是拍照。我约了波兰的队友，爬到珠峰对面的山顶上去拍珠峰的峰顶，在大本营虽然能看到珠峰的南坡，但望不到峰顶。在山上走时，最好是踩着前一个人的脚印往前走，一方面是安全，再者是省力。我们爬了4个小时终于到达山顶。冷，彻骨的寒冷，手和脸都冻得通红，鼻涕不住地往下流，高原反应也严重起来，头痛欲裂，喘不上气，甚至连话都说不出。

才到海拔5500米处，我感觉已经快到身体承受的极限了。望着对面威严耸立的珠穆朗玛峰，敬畏之心又多了一分，想要靠近珠峰，确实还有很长的路要走。

与我形成鲜明对比的是波兰的队友，他走得很稳，也没有那么喘。在山上给他拍照的时候，我感觉我像是贝尔·格里尔斯（Bear Grylls）的摄影师，他就像贝尔——能在悬崖峭壁上健步如飞、无所畏惧。

下山的时候，我们碰到了两只鸟，它们在石堆间叽叽喳喳地觅食，在物种稀少的高山上还能遇到动物，多少感到有些稀奇。突然，队友一声惊叫，我看到不远处的昆布冰川上，发生了一场雪崩。其实这里每天都会发生很多次雪崩或冰崩，到了后期大家已经见怪不怪，还会开玩笑说：“应该有5分钟没雪崩了吧？”

因为帐篷下的地势不平，我两晚都没有睡好，登山公司的工作人员知道后帮我平了地，在海拔5350米的地方搬走几十斤的石头，再运来小石子铺平。看着夏尔巴人在高海拔做这样的体力活，还是健步如飞，再想想我今天爬山的表现，我由衷地感慨，有时人与人的差距，真是比人与动物还大。

4月20日，正式入驻大本营的第3天。

高原反应终于减轻了一些，头没有那么痛了。今天要进行一次集体训练，主要练习爬冰坡和雪地安全梯行走。我们都穿上了正式登山的装备，先是在大本营周边的冰塔林练习攀冰，然后是在教练的指导下学习在安全梯上行走。这是训练时间最长的项目，需要手扶登山绳，在悬空的梯子上行走，稍有不慎就会掉下去。所以，按照规范使用安全绳，掌握登山梯的行走技巧，是我们必学的技能之一。一天的训练之后，我腰酸背痛，队友帮着按摩了一会儿，我才回过血来。

▲ 正式入驻大本营的第3天，练习爬冰坡和雪地安全梯行走

4月21日，又要做一次祈福仪式。

祈福仪式之后，我们在大本营的休整暂时结束，即将开始尝试高强度的实操训练。焚香诵经之后，夏尔巴人将一面旗帜插到祈福台顶端，我们每个人捧起一抔香灰，扬向空中，最后，喇嘛给每个人都戴上了哈达，并给予我们祝福。这时营地里响起尼泊尔当地的音乐，我们在营地中间载歌载舞，欢声笑语一片。在这种气氛下，每个人都充满了希望和信心。现在回想起来，这应该算是正式训练开始之前最后的欢乐了。

午餐之后，我们开始准备C1营地的拉练。夏尔巴工作人员着手整理帐篷、食物、燃气灶和椅子等过些天正式拉练需要用到的东西。这些物品都得人工背上山去，每个背夫要背50斤左右的行李。

▲ 又一次祈福仪式，大家在营地中间载歌载舞

4月22日，经过了两天的休息适应，我们要开始正式训练了。

今天我们需要穿越昆布冰川去往C1。昆布冰川也被称为“恐怖冰川”，是世界上最高的冰川。它的恐怖并非危言耸听：冰川上布满大大小小、支离破碎的冰舌，几乎每天都会发生数起冰崩。据不完全统计，至少有四分之一的攀登珠峰遇难者葬身于此。

夜里气温低，冰川状态最为稳定。而到了白天，在太阳的照射下，冰层随时都在融化和断离，从而引发冰崩。因此，为了安全起见，我们凌晨3点就得起床，准备出发。然而起得太早，高原反应强烈，我的头很痛，穿个衣服就停下来休息了好几次，才有力气穿好。打开帐篷，外面天还黑着，墨蓝色的天空和漆黑的山峰，看起来特别像恐怖电影里的场景。这时候，我看到山脊上已经亮起一排白色的灯光，那是提前出发的夏尔巴人，他们正在把行李往山上运。

珠峰上是没有路的，山上的“路”由夏尔巴人建设和维护，他们将绳端用冰锥固定进千年岩冰，在冰锥上系上尼龙登山绳，连接起破碎凌乱的昆布冰川。登山的人把自己身上的安全绳扣在登山绳上，才能够通过山上的危险路段。

每次去昆布冰川前都要先祈福，我们吃完早餐后，又在祈福台做了小小的祈福仪式，希望平安顺遂。

早上4点钟，天色微明，我们向昆布冰川正式出发。

攀登昆布冰川是一段既惊险又刺激的过程，在冰川上攀爬比在石堆上行走要费劲得多，但是一路上的风景也特别壮观。积雪掩盖了斑驳的碎石和垃圾，目之所及都是清一色的雪白，雪峰和蓝天在彼此的衬托下更为耀眼。虽然晨起时的头痛折磨了我好一会儿，但是一段路走下来，状态开始慢慢恢复。一路上我们经过了很多冰裂缝，往下看深不见底，借助梯子和安全绳才得以通过。第一次拉练结束，我们抵达C1营地，正式拉练要在7天后才开始。

▲ 攀登昆布冰川是一段既惊险又刺激的过程

▲ 一路上经过很多冰裂缝，借助梯子和安全绳才得以通过

4月23日，休息调整一天，山上不能上网，我就从大本营回到了山下的休息站去上网，一回到熟悉的网络世界，便将时间抛诸脑后。等我回过神来，惊觉已是下午4点半，便着急忙慌地往大本营赶。天上下起了雪，沿途已经看不到人，孤零零的我既紧张又害怕，紧赶慢赶地，终于在6点之前到了大本营。要是天黑了就危险了，“网瘾少年”这回差点儿栽了大跟头。

4月24日，太阳晒到帐篷上，暖洋洋的，我睡了一个舒服的好觉。这一天也没有特别的安排，很多队友都直接回帐篷休息了，我和李渊在营地周围跑步。关于登山是应该保存体力还是应该适当锻炼身体，没有统一的说法，也没有一定有效的经验。我习惯于每天锻炼身体，所以即使在大本营，运动也是每日必不可少的环节。到大本营的前几天，很多外国人都用一种“看傻瓜”似的眼神看着我锻炼，因为在这么高的海拔锻炼很容易会产生高原反应，但我依然不疾不徐地掌握着自己的节奏。我和李渊在海拔5200米的地方尝试过一种有效的训练方法——冲坡。我们选择坡度15度、高30米、长50米的地方往上跑，然后慢慢走下来，每天跑上3~5趟，在大本营依旧采用这种方法，过了一个星期，我的心率变成了52，血氧78%，虽然血氧低一些，但心率恢复正常了。其他队友的心率还停留在110左右，晚上都是在自己仿佛打鼓一般的心跳声中睡过去的，队友们看到我们的锻炼确实卓有成效，也开始跟着我们去训练。

4月25日，今天是尼泊尔地震纪念日，4年前的今天，尼泊尔发生了8.1级地震，珠峰大本营因雪崩逝世数十人。为了纪念在地震中逝世的人，今天大本营全员休息一天。想想时间过得真快，2015年4月25日，我作为蓝天志愿者到尼泊尔参与救援，时隔4年，我作为攀登珠峰的一员又回到了这里。希望今后面对自然灾害时可以有更先进的预警、更好的应急预案，愿所有人平安，我不禁在心中默念。

今天天气不错，中午的太阳很暖和，队友们晒着太阳聊上了天，有人甚至在雪山下洗起了衣服。

4月26日。李渊上火，牙龈肿了，来找队医治疗，而这个队医就是我们的印度队友。队医听罢一言不发，拿出了两把水果刀大小的刀具便准备往李渊嘴里搁，我们都惊呆了，从来没见过如此原始粗暴的治疗方法。队医把刀别到李渊嘴里，检查了一番说："我会给你开5～7天的消炎药，但是不一定有用，建议你把那颗牙直接拔掉，保不齐这一个多月里还会继续发炎。"听完，李渊无奈地笑了，没想到，登珠峰的第一个代价是要拔掉一颗只是发炎的好牙。在高山上生病真是一件麻烦事，没有专科医生可以看，一道是非选择题就难倒了4位英雄好汉，我们4个人讨论了一个小时，也没讨论出牙该怎么治、药该怎么吃。

4月27日，还是常规的训练。山中手机信号不稳定，时有时无，我只能用那微弱的信号偶尔发个朋友圈报平安。

没有外界打扰的日子属实安静，有时也觉得无聊。结束一天的拉练或者攀登后，要是体能消耗得不多，茫茫荒野也无处可去，就只能和队友们插科打诨、

▲ 我与几名队友贴着面膜，在珠峰脚下享受"日光浴"

▲ 安静的珠峰等待着正式拉练的我们

找找乐子。

我和几个要好的队友聚在一起，说着带各自国家口音的英语，在帐篷前贴起面膜享受着强烈的阳光浴，一同品尝我从国内带来的茶，畅想着登顶成功后会做些什么，我们在繁星闪烁的夜空下默默发呆，相约着下次在哪座雪山再聚……

4月28日。今天举行了第一次行前会，登山公司告诉大家接下来的行程，然后给每个人分配一名夏尔巴向导。

按照正式攀登的计划，攀登完C1、C2之后，我们将要攀登洛子冰壁，通过冰壁，到达海拔7900米的珠峰南坳C4营地，最后沿东南山脊登顶。这些不会在一天内完成，从大本营出发到登顶，需要5天左右。我们接下来的训练，就相当于实训，会模拟全程至7300米的C3，然后下山等待窗口期，再正式冲顶。

正式拉练

4月29日，今天将要进行正式拉练。

凌晨2点左右打包好行李，我们去往海拔5963米的C1营地拉练。我的高原反应依旧强烈，甚至脸也开始浮肿，而之前5分钟内竟发生了两次雪崩。待走出帐篷时，我发现已经有人出发了。天上的星星很亮，营地里的咳嗽声也此起彼伏，这种咳嗽叫“昆布咳”。由于珠峰的昆布冰川附近空气干燥寒冷，肺部容易发炎，多数人来到昆布冰川附近，都会止不住地咳嗽。

凌晨4点，天空开始飘雪。

出发前例行焚香祈福，每一次出行，都有不可预知的风险。我们依旧围着祭台站好，待喇嘛念完祈福语之后，每个人把手里的米撒向祭台。

4点50分，我们到达第一个休息点，月亮还悬在空中。走在昆布冰川，随时都有可能发生冰崩，所以需要尽快过去，但是路又特别窄，每个人都像极了高空走钢索的杂技演员，随时可能跌下万丈深渊。

尼泊尔时间7点整，我们来到了第3个休息点，这里地势相对平整，但是有很多裂缝，像是干旱龟裂的大地，最可怕的是，这些裂缝处于海拔6000多米的地方，很有可能深不见底。我鼓起勇气到处走走拍拍，很多队友都站在安全地带不敢走动。在这块平地的背后，翻过一个山头，就到了中国境内，李渊说："走吧，我们回家吧！"我们相视一笑，约定一定要平安回家。

又走了不知道多久的路，走到几近失去知觉，我拿出手机一看，已经是10点半，居然走了6个半小时，我们终于接近了营地。回到营地，筋疲力尽，队友阿里抱着我说："My brother from another mother, how are you ?"我打起精神勉强开玩笑说："I want to climb to camp2。"阿里惊呆了："你真是一个superman。"我们在冰天雪地里哈哈大笑，队友的情谊也随之一点一点积累起来。

中午特别热，加上今天走了太久的路，我决定洗个脚。高山上洗脚有特殊的办法：就地取材，用雪水搓一搓脚，在太阳下晒一晒就可以了。徒步了一天能够躺下，我开始觉得人生的幸福也不过如此。C1营地的帐篷比较紧张，我和李渊共用一个帐篷，由于他晒得特别黑，我给他起了一个绰号——"墨鱼"。

在距离我们营地50米的地方，雪崩像瀑布一样倾泻而来，有一个营地已经被雪覆盖了，我赶紧拉上帐篷拉链，防止飞雪冲到帐篷里。幸好，大家都没事。

刚经历完两次雪崩，山上又开始掉落碎石，一向活跃的营地沉默了很久，大家都感觉到危险时时刻刻就在身边，但看着身旁的"墨鱼"，我安心了许多——队友就是在你身边，给你力量的人。

世界上有很多种生活，没有经历过便不知道其中艰辛，没有体验过便不知道艰辛中也有快乐，这种快乐，往往蕴含着纯粹的感情。登山界有句话，叫作"无兄弟不登山"，在户外攀登过程中，总有一些人、一些事让我感动，让我记忆深刻。没有迈出过脚步，就不知世界有多精彩；没有经历过险境，就不知生命和友情的可贵。

▲ 在距离我们营地50米的地方，雪崩像瀑布一样倾斜而来

▲ 经历了两次雪崩，我们更加珍惜队友间纯粹的感情

4月30日，拉练第2天。

海拔5963米的C1营地，晚上气温只有零下25摄氏度，早晨起来，帐篷里都是冰碴子，此时的我强烈地感受到，原来攀登珠峰最难的不是累，而是冷。因为冷，应付日常生活的点点滴滴都很费力和煎熬，比如穿衣服、吃饭和上厕所。在海拔6000米左右的地方，没有一件事是轻松的，每当这时，我总是异常想念平

原地带和温暖的家。到达C1营地后，我第一次真切地感觉到攀登珠峰的不易，在与世隔绝、处处都有危险的冰天雪地里生活两个月，还要随时与自己作为人类趋利避害的本能作抗争。恶劣环境下，每个人都很煎熬，我一般不会主动请求别人帮忙，因为别人或许比我还难受。并且我的高反不算严重，但穿个装备都已经如此艰难了，不敢想象高反强烈的人该如何坚持下去。

今天我们要把C1营地的帐篷撤了，收拾东西去海拔6400米的C2营地拉练3天。夏尔巴人干活非常利索，2分钟就能收拾好一个帐篷。C1去到C2的高度虽然只有400米，但路途遥远，太阳炙烤着大地，在漫长而平缓的山坡上行走，犹如在沙漠里行走一样煎熬。

傍晚6点多，我们到达了海拔6400米的C2营地。天色阴沉灰暗，远方却有一片朦胧又强烈的光亮，我问墨鱼："那是太阳还是月亮？"他瞟了一眼天空说："月亮。"我半信半疑道："你确定吗？"他头也不抬地说："确定，月亮升起来了。"我半信半疑，心里琢磨着没见过这么亮的月亮，但也不是没有可能。于是兴冲冲地去跟向导丽塔（Rita）确认，丽塔一副"看傻瓜"似的表情："那是西边，哥们儿，太阳正在下山。"

▲ 海拔6400米，阳光透过雪和雾照向营地

阳光透过雪和雾照向营地，像是有高山巨人拿着巨大的手电筒在雨夜里行走，既梦幻又迷离，仿佛童话中的场景。

晚餐很丰盛，厨师准备了大本营带来的炖好的鸡汤，能在这冰天雪地里喝一口热汤，平时唾手可得的幸福在此刻显得弥足珍贵。

5月1日，在C2拉练的第2天。

我稍微适应了一些，终于恢复了原本热爱社交的性格。

“阿里，你感觉怎么样？”我开始与队友熟络起来，得到肯定的答复后，我提议：“那得干点啥体力活儿消耗消耗呀！”阿里假装表示赞同：“可以呀！我们待会儿去捡垃圾吧，顺便把那些挡路的石头搬一下。”

▲ 在C2拉练的第2天，我的身体逐渐适应了环境

▲ 在海拔6700米，身着连体羽绒服的我举步维艰

▲ 历时5个小时上到C3营地，绳降到C2只用了10分钟

为了赶在中午前回到大本营，我们6点要从C2出发，避免因为温度升高造成昆布冰川融化而产生危险，因为在2014年，昆布冰川的冰崩曾导致16名夏尔巴人遇难。

5天的拉练终于结束。这5天可以用风餐露宿来形容，山上没有吃的，只能靠自己带的干粮。觉也睡不好，两个人挤在一个小帐篷里，完全没有翻身的空间，回想着一路上面临着种种随时可能让我们丧生的危险，更是夜不能寐。

现在我们回到了大本营，看着我的单人帐篷，营地的厨房、洗澡间和卫生间整整齐齐、安安静静地等着我，接纳我的归来，内心突然升起了一种久违的幸福感。

回想4月7日刚来大本营时，我对这里充满了各种幻想，那种迫不及待的感觉好像异国旅游一样。后来，高原反应将我打回现实，那种痛苦令我身心俱疲、郁郁寡欢。转眼快一个月了，我逐渐适应了大本营的生活。从海拔7300米的C3回到海拔5350米的大本营，我感觉像回到了家乡。那些我本不在意的营地设施蓦然间变得亲切起来，像是一位许久未见、甚是想念的老朋友。经历了高海拔，再回到相对平缓的地方就感觉特别幸福。回想我以前的生活，有几年的时间里，我满是壮志未酬的痛苦，但生活里有那么多幸福和美好的记忆，都被我无情地忽视掉了。我想，珠峰不仅教会了我攀爬，或许还教会了我珍惜。

5月4日开始，我们就要开始休养，以等待窗口期，休养对后面的正式攀登来说是极其重要的环节。经过20天的高海拔训练，我们的身体处于极其疲惫的状态，继续坚持待在高海拔处只会让身体越来越差，除非生活在这里两三年才能真正地让身体适应高原，而现在我们需要去一个低海拔的环境中让身体恢复。或许有人会疑惑，去了低海拔后短时间内再去高海拔会不会还需要重新适应？其实20天的高海拔适应训练可以让人体保持大概1～3个月的高海拔体质，具体时长依据每个人的体质而有所不同。

休养有三种方式，第一种是土豪的选择：在大本营乘坐直升机去往海拔1800米的加德满都休养生息，这是最好也是最贵的选择，每个人往返需要3000美金；第二种是自己徒步一天下山，到海拔3860米的天波切找一个旅店等待，这是最经济且能恢复体能的办法；第三种就是继续在大本营等着，虽然一分钱不用花，但需要有很好的身体素质及信心。为了恢复身体和节省开支，我选择了去天波切休养。在天波切休养的这几天是整个探险行程中最惬意的：身体恢复如初，吃饱喝足，每天醒来冲杯咖啡，晒晒太阳，看看书，望望雪山。

接下来就是等待大本营给我发消息，等待着窗口期的到来。

PART 5

冲　顶

我站在珠穆朗玛峰的峰顶，地球上再也没有比这里更高的地方，我的头顶就是蓝天，脚下是一望无垠的洁白的雪山，阳光照射在珠峰峰顶那块不到五平方米的半斜坡平台，反射的阳光晃得我睁不开眼睛。曾经险些触不可及的梦想，竟然实现了！

窗口期来了！

珠峰地理环境独特，最低气温常年在零下30℃左右，每年5月中旬至下旬，气候转暖，能见度提高，雨雪天气较少，安全性较高，被视为最佳冲顶期，而这个“窗口期”长不过四五天，短则两三天。2019年的窗口期很短，最早的一天出现在15号，其次是在22～23号这两天，因此几乎所有攀登者都会赶在这两天冲顶，而2019年在尼泊尔攀登珠峰的人数又创了历史新高，可想而知路上会有多拥堵。

我们的登山公司拟定在5月18日凌晨出发，开始正式攀登。15名队员，每人最少雇佣一个夏尔巴向导，一共30多人的队伍，队员们13号左右在大本营会合，提前适应和做准备。

攀登都需要准备些什么呢？

首先是干粮，我准备了方便面、浓汤宝、火腿肠和沙琪玛等，之前攀登海拔8000米以上的马卡鲁峰的时候，是高山向导准备的食物，尼泊尔的方便面特别不合我胃口，我只好饿着把山登完了。所以这次我特意带了国产的红烧牛肉面，还有煮面的饭盆，这样即便在高山上也可以吃到合胃口的东西。

然后是用来调节胃口的一些小零食，人在过度疲惫的状态下会感到食欲不振，我的经验是吃些小零食来刺激胃口。这次我准备了螺蛳粉、泡椒凤爪、田螺肉等，都是日常爱吃且开胃的食物。

另外，对于登山队员来说，能量胶是必不可少的，它可以让我们在筋疲力尽的时候补充能量。“人体燃料”的来源可以分为三类：碳水化合物、脂肪和蛋白质。其中，碳水化合物是人体最主要的燃料来源，人体将碳水化合物分解为糖，向大脑及肌肉输送养分。能量胶便是碳水化合物的提炼，兼顾便携与高密度能量，能够以快速、便捷的方式，在登山过程中迅速补充身体消耗的碳水化合物，将能量集中到一小袋液体中，就能以最小的重量携带所需的碳水，而且非常小巧便携，放在口袋里就可以。

此外还有必不可少的唇膏、赞助商的旗子、保温杯、头盔、手套、脚垫、魔术围巾、暖宝宝、睡袋、御寒的衣服和足够的充电设备等。

出发前，我们开了集体会议，登山公司负责人告诉了我们一些注意事项和此行的目标：安全登顶，然后安全回来。晚餐吃得很丰盛，有炒青菜、红烧鱼、虾仁、丸子汤等，队员们边吃边聊，缓解着出发前的紧张心情。在登山的路上，有太多的意外和不可预见，而登山的魅力便在于它使人际关系变得更加纯粹，个人交情被淡化，团队的沟通协作得以增强。就在这一晚，我们建立了更为牢固的友谊。

昆布冰川——『恐怖冰川』

5月18日凌晨2点，我们从大本营出发去C2营地，大概需要9个小时，其中，将用4个小时穿过昆布冰川到达C1营地，然后再向C2营地进发。

凌晨1点，再一次克服了疲劳、困意和寒冷，我们早早起来收拾东西，我没有想象中的兴奋，而是有种“终于熬到这一天了”的感觉。

这一次的祈福，每个人都尤其虔诚，日常的撒稻米仪式不够表达心意，队友们还增加了各个国家传统的祈福流程，纷纷向“神灵”磕头许愿以示虔敬。

祈福完毕，我们走向黑夜里的昆布冰川，开启了攀登珠峰的正式征程。

凌晨2点的气温非常低，我的鼻涕都冻了出来，但是为了能够循序渐进地适应，我没有戴手套。此时，昆布冰川上已经有很多人了，刚开始路比较好走，大家几乎都是徒手攀登，只有少数人用上了登山杖。走了大概一个小时，来到了昆布冰川的危险路段，这里有很多深不见底的冰裂缝，还有一些高2～10米不等、接近垂直的冰壁，需要通过之前“冰川医生”架设的登山梯垂直向上攀登，而

▲ 祈福完毕，我们走向黑夜里的昆布冰川，开启了攀登珠峰的正式征程

▲ 昆布冰川有很多深不见底的冰裂缝，还有一些高2～10米不等、接近垂直的冰壁

攀登10米以上的冰壁，要借助路绳来保障安全。我们穿上冰爪，把自己身上的安全绳系到路绳上，开启了“一根绳上的蚂蚱”模式。每个登山季，我们经常会在有关珠穆朗玛峰南侧攀登的报告中听到“冰川医生”这个称呼，但他们是谁、具体做什么并不会被清楚地解释，但攀登世界最高峰的这条路上，正是他们发挥着至关重要的作用。“冰川医生”是指建设和维护昆布冰川线路的、具有高超攀登技术和勇气、探险经验丰富的夏尔巴人。在从大本营到C1营地的途中，登山者必须经过这个冰川，为了保证登山者的通行和安全，则须在这里建造一条“生命线”，然而，不稳定的天气和变化多端的地理状况，要求有人每年都对这条路进行修整和维护，这时，我们的“冰川医生”就登场了。他们是一支训练有素的夏尔巴协作团队，进入随时会有生命危险的冰瀑之中，为攀登者们仔细寻找通往峰顶方向的安全路线。穿越“恐怖冰川”，去到海拔8000米以上的死亡地带，在含氧量不足海平面三分之一，气压低到令人头脑炸裂的状态下，依然渴望到达峰顶，拼尽勇气、耐力和决心，对梦想的渴望让来到这里的每一位登山者都是勇者——但如果没有珠峰上的“冰川医生”和夏尔巴向导，我们可能永远不会达到峰顶。

路很难走，天又黑，队伍的行进速度慢下来，很快各个登山队的人都聚集到了一起，形成了拥堵。

在高海拔的地方，拥堵会严重损耗人的体能。而一些体能和技术稍弱的人，会加剧整个路线的拥堵程度。爬冰坡的时候，前面一名其他队的队员，把全部重心都放在了安全绳上，还没把冰爪扎进冰里，就着急上升，不知是体力不支还是重心不稳，结果直接跪在了冰上，这是非常不规范而且危险的动作。看到这样的队员，我既担心又焦灼，希望他们能够顺利通过的同时，也希望自己别犯同样的错误。

凌晨4点左右，我们来到了昆布冰川三分之一的位置，大家都在默默攀登着，没有多余的力气说话。

凌晨5点多，天亮了，当第一缕阳光照在冰川上时，我们还没有走出昆布冰川。

过了大约一个小时，到了需要连续攀爬3个梯子的高难度攀登点，人们全都堵在那里排队等候。

天空飘着雪，人虽多，但听不见一句讲话声，每个人都不想消耗体力。翻过这段拥堵路段，也没有暂时可以歇脚的缓和地带，只能继续行走在昆布冰川的裂缝中，并祈祷着躲过随时可能发生的冰崩。

早上7点40分，我已经精疲力竭了，预计还有40分钟才能到达C1营地休息一会儿。这40分钟也极其难熬，在昆布冰川这种又危险、又需要速度通过的地段，中途休息是不可能的，攀登者需要保持五六个小时的战斗状态，身体的疲惫程度可想而知。

尼泊尔时间早上8点30分，我们终于到达了C1营地。稍微休息了一会儿，一小时后，继续出发去C2营地。

正当我疲惫不堪的时候，在途中遇到了一位独自行走且背负着大约20公斤行李的女性攀登者。惊讶于她独自负重的魄力，这种精神上的鼓舞令我的疲劳消散了一大半，为了继续分散注意力缓解疲惫，我上前和她攀谈了起来。原来她是法国人，本来也有一个向导，但现在不知所踪。一路上她和我抱怨着不靠谱的登山公司，不知不觉中我们就看到了前方的C2营地。

前面提到过，从C1到C2营地的这段路非常漫长，同时会遭受太阳的暴晒，走在路上，你会发现身体的水分仿佛都在慢慢地被蒸发至干涸，如果不是有人陪伴，很难坚持下去。我在双腿和呼吸能承受的范围内尽可能地快速攀登，希望能在被太阳晒晕之前赶到阴凉处，但阳光火辣辣地照下来，我开始口干舌燥，呼吸也变得困难起来。还好我所在的登山队向导拎着两壶甜茶赶来接应我们，让我们

▲ 从C1到C2营地的途中，遇到一位独自负重的女性攀登者，令人鼓舞

▲ 用千年的冰川水泡一壶茶是千金难买的体验

不至于被晒成“脱了水的蔬菜干”。

因为5月18日的行程太过辛苦，5月19日，我们在C2大本营休息了一天。休息之余，我和队友找起了乐子，互相给对方按摩，在海拔6400米的高原体验雪山全景按摩，也别有一番滋味。

喝茶也是找乐子的必备环节，用千年的冰川水泡一壶普洱是千金难买的体验。最为重要的是，在高原，人体需要大量水分，水分有助于降低血液黏度，而热茶加速血液循环，可以让氧分子数量提高，降低高反强度。喝热茶比喝热水更利尿，不至于在身体中储存过多水分，因此茶叶也算是我在高原的必备物品之一。

5月19日晚上，我们再一次召开了全体会议，主要强调明天攀登洛子冰壁和氧气的使用问题。明天将要出发去C3营地，我们终于离“登顶”越来越近了。

5月20日，正式攀登珠峰的第3天，我们将用大概5个小时的时间去往C3营

▲ 在海拔约6400米的高原，我和队友互相给对方进行“雪山全景按摩”

地。其中，有一个半小时的路程是缓坡，其余时间则是攀登洛子峰的冰壁，对攀冰技术要求极高。早上7点多，我们便出发了，即使昨天休息了一整天，也没有起到很好的缓解作用，我依然感到十分疲惫。随着海拔越来越高，每走一步都要喘一口气。9点半左右，我终于走完了缓坡，到了需要换冰爪攀登的洛子冰壁。这时候的太阳光非常强烈，我整个人像被晒蔫了的麦子一样无精打采。远远望着峰顶，那上面一定风很大，以至于积雪都被刮到了空中，天蓝得没有一丝杂色，飘扬的雪花在峰顶周围飞舞着，我抬眼望去的时候，这个画面在心里深深定了格。

中午12点，用时大概4个多小时，我们终于到达海拔7300米的C3营地。这一路，我忍受着嘴唇被太阳晒得干裂生疼和洛子冰壁上从天而降的多如牛毛的碎石，期盼着自己能有一个“金钟面罩”。那些碎石晚上被低温冻结在大约60度的

▲ C3营地坐落在洛子冰壁半坡，无论何时都要穿上冰爪，否则很容易滑坠

冰坡上，随着太阳升起、温度升高而解冻滚落，稍有不慎就会被砸伤。我们队的一位波兰女队友去年攀登洛子壁的时候曾被大石砸伤脚，经过救援才得以顺利下山。通往珠峰的路线和去往世界第四高峰——洛子峰的路线在C4营地以下完全相同，洛子冰壁处于洛子峰的正下方，这面冰壁便因此得名。

C3营地坐落在洛子冰壁半坡，呈45度倾斜，角度十分危险。在这里向导告诫我们，即便是晚上去厕所的时候也一定要穿上冰爪，曾经有一位攀登者正是因为上厕所滑倒而顺着洛子冰壁坠入山谷。所以在C3营地行走，无论何时都需要穿上冰爪，否则很容易滑坠，性命不保。

在C3营地的这一晚，我们4个人挤在一个帐篷里，大家都躺下来之后，几乎就没有缝隙了，再加上地势不平，睡比不睡似乎更难受。除了坚持和忍耐，我只好继续像“三明治”一样被紧紧地夹在中间。

最后24小时

5月21日早上6点，我们从C3出发去海拔7900米的C4营地，路程大约7个小时，大家都用上了氧气面罩，穿上了最厚的登山连体羽绒服。

一般情况下，经过海拔约7000米的洛子冰壁后，有需要的队员就会开始吸氧，登山公司给我们每人配备了6瓶氧气，这些氧气瓶在之前第一次和第二次拉练的时候由向导背上去，放到几处大概需要换氧气的地点，攀登时队员只需要背一个4公斤重的氧气瓶，还有自己的食品和衣物。

去往C4营地的沿途一直处于拥堵状态，并且风很大，我们一直沿着陡坡向上攀爬。10点零5分，马上要到“黄带”了——这里由于地表都是裸露的黄色石头而得名，是比较考验攀岩技巧的路段。

路上遇到了一位正在下撤的中国攀登者，我向他打听情况，隔着氧气面罩依稀听见他回答说：“昨天就登顶了，感觉还可以……”他还说了些什么我没有听清楚，山上的风很大，隔着氧气面罩只能听见耳边咆哮的风声。但其他的话在我

▲“黄带”由于地表都是裸露的黄色石头而得名，是比较考验攀岩技巧的路段

看来似乎也不重要了，因为我已经得到了最重要的信息——“登顶、平安”，这是攀登者最想听到的两个词，虽未曾相识，却像患难与共的战友，对方的每一次遭遇彼此都感同身受。在他颇有仪式感地给我们喊了好几句“加油”后，我们便踏上各自的旅程。

在“黄带”，有一种身处外太空的感觉，周围满是又碎又硬的岩石，一眼望不到头，一路磕磕绊绊走了许久，我终于顺利通过“黄带”，再走三四个小时，就能到C4营地了。

在海拔约7800米处，遇到了我的朋友“小肋骨”，为了纪念，我们拍了两张合照。这段路上的积雪被大风刮得所剩无几，目之所至，皆是石块。烈日炎炎，毫无遮挡，大家就这样被炙烤着，需要休息的队员就在路旁找一块相对较大的岩石，坐在上面休息。

下午2点，我们终于到达了C4营地，短暂休息几个小时后，我们准备吃饭和收拾装备，开始最后的前进。

我的梦想是在30岁前登顶珠峰，现在我在海拔7900米的C4营地，距离我的梦想还有不到1000米的高度，这1000米的距离若在平原便不值一提，但在这里，却可能是生与死的距离。

▲ 在海拔约7800米处，我遇到了我的朋友“小肋骨”

崎岖登顶路

冲顶日凌晨两点时的C4营地，帐篷外是璀璨的星空、漆黑而静谧的山。万籁俱寂，只有风呼啸而过的声音，帐篷内也悄无声息，准备“冲顶”的人们也都各自有着自己的心事。

留给我们的窗口期时间并不多，所以队友们都打算同日冲顶。大家默默地穿好登山服，互相检查装备，气氛沉默而压抑，甚至没有人试图讲句玩笑话缓和气氛，因为大家都知道最后的冲顶变数众多。穿好装备之后，我们久久地凝视着彼此的双眼，拍了拍对方的肩膀当作打气。祝福的话平时说过太多，但在此刻，话到嘴边，却什么也说不出，仿佛说什么都不对劲。我深吸了一口气，整理了一下氧气面罩，打开头灯，义无反顾地走入这茫茫黑夜之中。

我们纷纷走向凌晨时分的珠穆朗玛峰，走向几个小时后即将在太阳的照耀下绽放夺目光芒的峰顶，也走向我们日思夜盼、为之坚持多年的梦想。

但此刻，我心中所想却不只是自己的梦想，而是希望所有人都登顶，希望所

▲ 冲顶日的凌晨，大家义无反顾地走入这茫茫黑夜之中

有人都平安，没说出口的这句话像游丝般缠绕在我的心头成为毕生的遗憾。

C4营地再往上的路更加难走，含氧量不到海平面的三分之一，冲顶的最直接考验来自高海拔、高寒和缺氧，任何一个额外动作，都会增加氧气的消耗。

我们需要先攀爬一段30度左右的雪坡，然后再越过一段约45度的雪岩与冰

▲ 黑夜里除了四处张望的头灯，四处一片静默

岩混路。队员要把安全锁扣在路绳上，挨个前进，走走停停，一百多人的队伍拉了很长。黑夜里除了四处张望的头灯，一片静默，唯有脚下“嘎吱”“嘎吱”踩过冰雪的声音。偶尔有人用尼泊尔语冲前面喊话，彼此也很难听清讲了些什么。为了节省体力，大家都默默地攀爬着，遇到较难前行的路，其他人会心照不宣地向同伴伸去援手，这是攀登者的默契，也是攀登者应有的品格。

不知道走了多久、身在何处，只知道自己一直在往上攀爬，走上十步就不得不停下来用力地呼吸着从冰冷的氧气瓶中流出的“生命之泉”。

因为害怕雷诺氏综合征会复发，停下来的时候我数着数，不间断地让双手和双脚做上十次“握掌”，以便末端循环更通畅一些，然后再继续向上走十步，不断重复着深呼吸、握掌、向上行走……每当累得喘不上气时，只希望天色早点亮起来，那就意味着我们即将冲顶。

由于每个人的身体素质和耐力不同，快到希拉里台阶时，队友们慢慢地拉开了距离。

眼前的人影越来越多，我与身旁的队友也被冲散开来。

那是冲顶前的最后一段路，海拔8790米，峰顶近在眼前。与其称之为希拉里台阶，不如直接称它为“令人不寒而栗的岩石峭壁”更加直接，其坡度近乎垂直，是通往峰顶最危险的一段路。

希拉里台阶的命名源自埃德蒙·希拉里，他与丹增·诺尔盖是首对登顶珠穆朗玛峰的攀登者。1953年5月，新西兰探险家埃德蒙·希拉里和一位技艺高超的夏尔巴登山家丹增·诺尔盖一起抵达南峰，并望见一条极窄的通向珠峰峰顶的山脊，希拉里后来回忆道：“这是山脊上最难攀登的地方了——一块高达12米的岩石台阶……岩石表面光滑，没有可以抓握的地方，凭我们微薄的力量似乎难以逾越它……”

于是每年春季，尼泊尔的修路队都会提前在山脊上凿出约40厘米宽的小径。小径一侧是悬崖，一侧是约2米高的冰壁，冰壁之外又是悬崖。因为仅能容一人通过，且下山也必经此路，一旦上行和下撤的人相遇，或者有人因体能不支而停下脚步，再或者因攀登技术不足以支撑快速通过而滞留此地，拥堵便会很快发生。

事实上，拥堵也确实发生了。

很多团队都选择在5月22日当天冲顶，只为与珠峰最佳窗口期争夺时间。我是团队中率先抵达希拉里台阶的，而那时“堵车”已经开始。

天色开始逐渐变亮，前方行进的队伍却一点一点慢下来，直到停滞不前，不知道前方发生了什么，回头看下去，后方也已经排起了长长的队伍。

等待，无休止的等待。

▲ 拥堵的希拉里台阶，长时间滞留在高海拔处非常危险

当我在海拔8790米的希拉里台阶等待了近40分钟后，手脚已经开始变得麻木，通道本就狭窄，又是在如此高海拔的区域，没办法进行过多的活动。一些攀登者明显经验不足，他们没有经过严格的攀岩和攀冰训练，在这种情况下丝毫不敢挪动。

通常是在十几个下山的或者超车的人越过后，才可以看到队伍又向前挪动了一点。但要想超过前面的人，需要摘掉安全锁，待越过之后，再重新把安全锁挂上路绳，每一个小动作都要冒极大的风险，一不小心就可能掉下万丈深渊。

我的脑海里闪过了“坐以待毙”这个词，应该说“站以待毙”更为贴切。无论前路如何，等待总会让人焦躁不安、备受折磨。

我思考着，不能再等待了，必须超车，不然我会消耗完氧气和体力，冻死在这里。不管是上山还是下山，长时间地滞留在高海拔处都是一件很危险的事情。

我小心翼翼地尝试着从右侧两米多高的雪墙上以攀冰的姿势侧身横向移动，又斜侧着爬到了顶部，因为对这面雪墙的坚实度没有那么信任，所以我踢出去的每一脚都不敢太过用力。

在这个高度，不仅走着呼吸不上来，只是站着，呼吸都不够用，更何况是艰难的大动作，这无疑是在挑战自己的运气，幸好这面雪墙经受住了我那勇猛的翻越。由于我的主锁不能脱离路绳，所以那条松松的路绳也被我带起了一个高度，旁边的人也因此受到了一点牵扯。

我的夏尔巴向导拍了拍我，说这样不行，迫于无奈，我只能加快动作，一手操作着主锁，借着冰爪踢向冰壁的力量迅速完成“超车”，与上下山的登山者成功错开。这个动作可以说是极其危险的，“超车”的过程不仅让我呼吸困难，而且在悬崖边上，没掌握好平衡的话一不小心就会快进到生命的尽头，但我不想在

▼ 我小心翼翼地尝试着从右侧雪墙横向移动，利用熟练的攀冰技术完成“超车”

寒风凛冽中继续漫长无望的等待，消耗着氧气和体力。

后来据多位亲历者称，当天有200多人试图登顶，由于队伍长时间阻滞不前，走了一整晚的人，在疲劳中渐渐地将勇气和体力消磨殆尽。

最初，看到有人在自己面前倒下时，黎巴嫩富有经验的登山家法蒂玛·德尔雅（Fatima Deryan）还想把自己的氧气分给别人，但很快，氧压越来越低，她只能选择漠视，“每一个站在这里的人都需要氧气，大家心里都清楚，没人愿意成为那个倒下的人。”

有的人氧气面罩结冰，突然出现缺氧症状，“大腿肌肉一紧，里面的空气好像一下子就被抽光了，跟真空一样”；也有人出现雪盲症和幻觉，“寒冷、饥饿和疲劳瞬间消失了，四周阳光充沛，似乎可以闭目养神了”。

据说不少人目睹了生命的消逝。在希拉里台阶一侧倾斜的冰坡上，一名穿黄蓝色衣服的印度女人开始不受控制地往下坠落，两名队员死死拽住她的一只手，她的另一只手五指插进雪地，两条腿在冰坡上乱蹬，不到半分钟，蹬腿的频率缓了下来，最后直接垂落在冰坡上。

能坚持走到这一步，必然有超凡的坚韧性格，能够将个人痛苦置之度外而奋力向峰顶攀登的人，通常也是那些对死亡无所畏惧的人，这就构成了每个珠峰攀登者都要面对的两难境地：要想成功，必须勇往直前；但若急于求成，则可能葬身黄泉。况且，在海拔8790米的高度，还有不到100米就要登顶，那是来到这里的人们付出了太多的努力和不眠之夜才抵达的梦想，不太可能返回后随时重来一次。在适度的热情与不顾一切地登顶狂热之间并没有清晰的界限，也正因如此，珠峰的山坡上才会尸横遍野。

幸运的是，历尽千辛万苦，我总算越过了最危险的希拉里台阶，离登顶很近了，然而就在我准备一鼓作气，进行最后冲刺的时候，意外发生了。

本来向导一直在我前面，和我保持着一小段距离，为了保持节奏，我麻木而

▲ 如果我的向导要下撤，意味着在离峰顶不到100米的地方，我的梦想就结束了

机械地迈动着双腿追赶他。可我发现他却越来越慢，最后突然停了下来。我心里有种不祥的预感，赶紧加快步伐追赶上去。

此刻，向导本就饱经风霜的脸颊被风肆虐得皱成一团，睫毛上满是呼吸后冻结的冰霜。看到他慌乱的眼神，我的心脏跳得快要蹦出胸腔。

我忙问他："怎么突然停下来了？"

他气喘吁吁地说："大龙，我的氧气面罩好像坏掉了。"

还没等我缓过神去查看他的氧气面罩，他就又开口说道："要是坏了，我就不能继续往上走了。"

原本又冷又累的我一直大脑空白，机械地跟着向导，那一刻我瞬间清醒了过来。他是我的向导，他要下撤，意味着我也必须下撤，也就意味着在离峰顶还有不到100米的地方，我就要与珠峰说再见了，我的梦想也就此结束了……那一刻，我真是体会到了“近在眼前，又远在天边”的那种求而不得。

这名夏尔巴向导从最开始的拉练就与我朝夕相伴，陪我在凌晨爬过脚下深不见底的冰川，陪我一起眺望远方壮美的日落，他是一个30岁出头的小伙子，给我看他妻儿的照片，憧憬着登山季结束就回去好好陪家人……他不仅是我的向导，更是我追逐梦想过程中的伙伴。

但我不能让伙伴为我的梦想付出生命的代价，否则我便不是因未登顶而遗憾一时，怕是要悔恨终生了。虽然我已经打定主意，但也不想就这样放弃，于是心存一丝侥幸地对他说：“你再检查一下，如果没有办法修好，我就和你一起下撤。”

他点点头，便将氧气瓶卸下来开始检查。

出发前我们都将装备仔细检查了一遍又一遍，出现这种状况纯属意料之外，但又并非毫无可能，毕竟在这空气稀薄地带，发生任何事情都不足为奇。

我焦急地等待着，紧紧盯着向导检查氧气瓶的手。那是煎熬又无比忐忑的几分钟，那种等待就像“开奖”，一个氧气瓶便能决定我的“命运”，如果需要下撤，我不知道是否还有机会和勇气再来攀登。看着前方朦胧的、被云雾掩盖的峰顶，这几分钟可以说度秒如年，一种悲凉在心底蔓延开来。峰顶，珠穆朗玛峰，我多想去触摸一下啊！

就在我快要心灰意冷之时，向导几乎喊出来：“没问题了！只是阀门被冰碴堵住了！应该是长时间的呼吸让呼出来的气瞬间凝固结冰，导致呼吸阀门被冻住了，幸好不是装备的损坏！”

我激动得说不出话，紧紧地拥抱着他，这种失而复得的体验实在是既糟糕又

▲ 也许是山神听到了我虔诚的祷告，接下来的登顶之路异常顺利

美妙。

为了确保向导的安全，我再次让他确认了装备，确定没有问题后，我们朝着眼前的“梦想”继续出发了。为了避免出现其他意外，最后这不到100米我们决定尽量加快速度，早一点登顶，风险就少一点。

也许是神山听到了我虔诚的祷告，氧气瓶直到登顶下撤后都再未出现问题，接下来的攀登之路异常顺利。

2019年5月22日8点18分，我终于登顶了珠峰。

登顶的那一刻，我愣愣地看着脚下，没有路了，茫然间抬起腿，却不知道该迈向哪个方向。我的向导提醒我，登顶了！

一瞬间，大脑一片空白，我好像听不懂他在说什么，手足无措地站在原地。这一个月来我机械般抬起的腿不知道该继续抬着还是该放下去，或者说该以什么

▲ 2019年5月22日早上8点18分，我终于成功登顶珠穆朗玛峰

样的方式放下。有那么两分钟，我一直在思考着这个问题，而这两分钟，在我的向导看来就仿佛一年那么漫长，因为不能停留太久，他催着我尽快完成必需的拍摄任务。面对镜头我一时间竟无法表述自己的感受，直到脸上流下温热的液体，才如梦初醒般回过神来——珠峰，我登顶了！

我站在珠穆朗玛峰的峰顶，地球上再也没有比这里还高的地方，我的头顶就是蓝天，脚下是一望无垠的圣洁雪山，阳光照射在珠峰峰顶那块不到五平方米的半斜坡平台，反射的阳光晃得我睁不开眼睛。曾经险些触不可及的梦想，竟然实现了！

连日攀登的疲惫消失了，再肆意的大风，此时的我也感受不到了，我们都拿出手机记录着这来之不易的一刻。我骄傲地展示着国旗，然后分别与赞助商的旗子合影，完成“广告打卡”的任务之后，在峰顶的短短几分钟，我也说了很多心里的话，祈求珠峰保佑，希望所求皆如愿。

“感谢家人和朋友对我梦想的支持，是你们让我走到了今天；感谢赞助商对我这次攀登的支持；感谢母校对我的培养……”

“为完成梦想我用了5年的时间，5年，我站在了珠穆朗玛峰峰顶，我可以，你们也可以，希望你我都拥有淋漓尽致的人生。”

然而，故事并没有结束，到达峰顶只算完成了一半的探险之路，俗话说，“上山容易下山难”，攀登珠峰更是如此。攀登者在上山的过程中，体力相对比较充沛，而在下山的过程中，往往因为已经持续进行了长时间的运动，体力有所下降，所以格外疲惫，容易因注意力不集中而导致危险的发生。

上山的过程中，因为想尽早地爬到山顶，所以拼尽全力往上爬。在氧气含量本身就稀薄的高海拔处，肌肉内部由于产生了无氧呼吸，堆积了大量的乳酸，从而对肌肉造成刺激，引起酸胀、疼痛和无力等问题，意外往往也是在这个时候发生。

我瞬间从登顶引起的那一阵自鸣得意中清醒过来，从峰顶下来的路上，总在不断地提醒自己集中注意力——告诫自己不要走错任何一步，不要挂错任何一根绳子。去往峰顶的这一路，根本数不清到底有多少根绳子，这么多年来，每年的攀登季都要架设一根新绳。因此在山上，有很多老化或者不能承重的绳子，一旦挂错，很有可能就会坠落悬崖而万劫不复。

下撤到达希拉里台阶时，许多登山者还在沿着一根路绳向上攀登，下山的路被阻断，又需要等待，但我的心里已经有了微妙的变化，对于这时的等待似乎有了更多的耐心——毕竟自己已经登顶，想给那些还未冲顶的攀登者留出更多的时间，让他们的梦想也尽快实现。

通过希拉里台阶的拥堵后，路途顺畅了许多。我已经24小时没有睡觉，体力的耗尽、氧气的不足让我在下山的过程中总想闭上眼睛，唯有用雪冰在自己的脖子后面，强迫自己打起精神。虽然这样的办法每次只管用10分钟，但我依旧靠着“冰冻”自己和一小时一管的能量胶撑过了6个小时，终于安全回到了C4营地。

此刻的我很想不管不顾地瘫倒在帐篷里立马睡上一觉，但是不行，曾经有太多的人就这样昏睡过去，再也没有醒来。

当时我在珠峰顶部待了超过15分钟，由于情绪亢奋而感觉不到寒冷，后面回到营地，才发现自己的脸已经被冻黑，后来恢复了一个多月才痊愈。

在空气稀薄地带，缺氧的大脑无法思考过多，感官迟钝而记忆模糊，下撤的时候我才渐渐冷静下来，发现有的队友登顶时未见，下撤时也未见……

▼ 我站在珠穆朗玛峰的峰顶，地球上再也没有比这里还高的地方，我的脚下是一望无垠的圣洁雪山

▲ 在峰顶邂逅了一起攀登的朋友——穆萨

难以置信的死讯

后来，我筋疲力尽，终于坚持不住，来不及脱掉登山服就瘫倒在帐篷中。

半梦半醒中，我感觉好像丹在帮我脱登山服，看到他回来了，我非常高兴，想去拉他的手，询问他的情况。然而我的手挥向空中，却什么都没抓住——我惊醒了。

从梦里清醒后，等待我的，却是丹永远留在珠峰的不幸消息……

过了一会儿，我从丹的夏尔巴向导那里了解到，丹冲顶时在希拉里台阶遭遇了将近1个小时的拥堵，登顶珠峰的时间是22日早上8点多。

“不对劲”是在他登顶10分钟后出现的。

丹的夏尔巴向导帕桑（Pasang）回忆道：“他的双手突然抽筋，眼睛睁得特别大，嘴巴也张开了。”

很快，丹雇佣的两名夏尔巴向导开始帮他按摩四肢、做心肺复苏术、增加氧气供给……在海拔8000米以上的地方，这是遭遇高原反应及突发高山病的攀登者所能拥有的全部抢救措施。

经过抢救后，丹曾短暂地恢复意识，两名向导拖着他往山下走。最开始，他什么话也讲不出来，后来用微弱的声音喃喃自语着："我站不起来，也走不动了。"

下撤到希拉里台阶的时候，丹又遇上了拥堵的人群。坐在地上的丹脸色发白、昏睡过去，帕桑试图唤醒他，但已是徒劳。两个多小时后，他咽下了最后一口气。事后，丹被认为死于突发性心脏病，他的面罩和氧气瓶跟他一起留在了原地。

弥留之际，他给远在美国的妻子发了一条信息：谢谢你，一直以来如此支持我实现梦想，能够长眠于这座我仰望了40年的珠峰，我很幸福。

帕桑用一把安全锁把丹的尸体固定在路绳上，他的绿色上衣和蓝色背包显得格外醒目，之后，又用背包盖住了丹的脸，使他的头部朝上，身子贴着悬崖，双腿下垂，脚下便是深渊。从此以后，他将永远长眠于珠峰的石畔，陪着珠峰经历每一天的日出日落、每一秒的云卷云舒，还有每一年攀登季和他一样有着同样梦想的攀登者的朝拜。

当明玛队长来告诉我丹的死亡消息时，我简直难以置信，久久说不出一句话，甚至认为这是队长跟我开的一个巨大的玩笑。原来，凌晨时我与丹在海拔8400米的平台上的相遇，竟然是我们的最后一次见面。丹本是一名软件工程师，因为希望为生命注入更多意义与色彩，攀登"七大洲最高峰"是他追逐的梦想，珠峰是距离梦想实现的最后一座世界最高峰，没想到梦想的实现却让他付出了生命的代价。

过了好久，我才慢慢开始接受事实，我甚至在想刚才的梦境，是不是丹来向我道别，或者怕我昏睡过去失温而将我唤醒。在我还陷在悲痛之时，凯也拖着疲惫的身躯返回了营地。他的皮肤已冻得通红甚至有点发黑，双眼也因为不舒服而卖力地眨着，完全没有登顶成功后的喜悦，一脸疲态与沮丧，我大概也猜到了结果。

他能安全回来，我的心情还稍微得到了一点安慰，此刻的我已经无法承受更多不幸的消息。

凯望向我，问道："大龙，你怎么样啊？"

我抑制不住发紧的声带，哽咽着点点头："我上去了，但是……但是……"我的眼泪不自觉地流了下来，情绪也越来越激动，不禁抽泣起来。

凯大概猜到了什么，他疲惫的面容由沮丧变成了惊讶，双手扶着我的肩急切地问道："到底发生了什么？"

"丹……丹永远离开了我们！"

▲ 热爱攀登，长眠于珠峰的酷老头儿——丹·卡什

说完我便抱着凯痛哭起来，凯的身体也不住地颤抖着，疲惫和悲伤交融在一起。帐篷里大家缄口不言，帐篷外狂风咆哮着吹过，仿佛要撕开帐篷将我们吞噬，而我们的心仿佛也被撕开了一道伤口，任凭时间也无法愈合。

在经历了数小时的生死历程后，无论是否登顶成功，所有队友的神情都是落寞的，因为归队的人中永远少了一人的身影。

今日的冲顶还有几人没有成功，虽然丹的离世影响了很多人的士气，但是想到珠峰近在眼前，大家还是决定第二日继续冲顶，也包括凯。

当得知凯第二日还要重新冲顶时，想到丹的离开，我感受到了一种前所未有的恐惧，站在还算温暖的帐篷里，寒意却一阵一阵袭来将我淹没。我低着头没有说话，犹豫着要不要劝凯，我已经失去了一个亲密的队友，不想再失去另一个。

凯看出了我的顾虑，拍了拍我的肩膀安慰着："我从美国飞过来，准备了这么久，不想留下遗憾，即使有一丝希望我都想试试，这是我的梦想。"

是啊！我的梦想重要，他的梦想也一样重要，如果是我，我也会一样地义无反顾。

既然凯下定了决心，作为朋友，我能做的便是支持他的梦想，尽我所能去帮助他。我将我在希拉里台阶"堵车现场"成功"超车"的经验告诉了他，和他一起检查了装备，剩下的，便是在心中默默地为他祈祷和祝福。

我们在帐篷内默不作声地收拾着装备，这时，帐篷外传来了一阵躁动的声音——原来是我们队的一位印度麻醉师因体力不支在希拉里台阶无法下撤，亟须救援。

作为一名蓝天救援队员，我深知时间就是生命，何况在海拔8000多米的地方，多停留一分钟，就多一分钟的生命危险。

但在如此恶劣的条件下救援，也是近乎不可能完成的任务。团队开始组织人员展开救援，此事只能由夏尔巴向导完成，他们比我们更有高山攀登经验和高山救援经验。

因为救援难度较大、环境恶劣，可组织夏尔巴的向导人数不足，这时队长望向了凯。

凯雇用了两名夏尔巴向导协助明日冲顶，如果向导参与救援，那明日必定再无体力继续冲顶，这意味着凯需要做出选择。

不派出向导，可能内心会受到谴责；如果派出，则意味着今年他将与珠峰失之交臂，甚至可能成为一辈子的遗憾，毕竟凯也不算年轻了。

我不敢看向凯，我知道为了梦想一路走来的滋味，我知道还有一步就可以触碰梦想的感受……

“我放弃冲顶。”凯斩钉截铁地对明玛队长说，甚至都没有犹豫一秒。让我惊讶的是，此时放弃冲顶的凯和他刚刚说坚持冲顶时的神情一样坚定。

▲ 足迹遍布 100 多个国家，为救援他人而放弃冲顶珠峰的凯

后来我才知道，凯抵达平台换氧的时候，发现自己的脚趾又冷又硬，整个眼珠都充血了，“就像弹钢琴那样，我拼命甩动四肢，但无济于事，还是越来越虚弱”，凯说道。

登上顶峰只不过是征途的一半，下山需要更多的体力，挣扎的凯最终放弃了，将希望全部寄托于第二天的冲顶。

但当呼救传来时，他说他突然想通了：“生命比梦想更重要，放弃梦想会令我伤心一阵子，但是放弃营救一个生命会令我内疚一辈子。总有人告诉我们，登山需要意志力，但实际上，我们更需要知道何时应该停下来。”

当峰顶触手可及时，他选择了拯救队友的生命，并不是每个人都可以做出这样的决定，尤其当付出了很多金钱、时间和体力，甚至可能是一辈子的遗憾，但他此时的决定比登上珠峰更让我钦佩。

幸运的是，那位印度队友最终在大家的营救下脱离了危险，没有辜负凯的一番舍弃。

我们时常说要做个追梦人，有梦想才能让人在阴暗的日子里看到光亮。我想那更多的是强调追梦的过程，努力过、拼搏过，但一定不是付出生命的代价去完成。

有的人终其一生，都无法触及梦想；有的人梦想近在眼前，却不得不选择放弃……但追梦路上的人，却闪闪发光，尤其是在梦想与生命发生碰撞时，做出让人敬佩的选择的凯。

分别的时候，凯望着静静矗立在那里的珠峰说：“山还在那里，我还会再回来。”我和凯久久地拥抱在一起，这些天的不舍、难过、激情、欢乐……各种情绪交杂着，我们约定好在下一座雪山再见，但我们都知道，下一次再见就不知是何时了。

▲ 在昆明长水机场便邂逅的凯，是我的梦想见证人，也是我一路上的亲密队友

回到大本营

登顶40个小时之后，我回到了珠峰大本营。营地的帐篷还没有撤，但是已经没有了往日的热闹，附近山上的雪崩和冰崩依然猝不及防地发生着。

兴奋和喜悦逐渐消逝，看着这座我刚刚触摸过峰顶的山峰，心中只剩无限感慨。

包括丹在内，我们团队里的15个人最终有7人成功登顶。我很幸运，身体没有受到任何伤害，只是脸上有些冻伤。我们团队有一半的人受到了不同程度的伤害：一位巴基斯坦队友患了雪盲症，下撤到C2营地后，直接叫了直升机救援，返回加德满都治疗；一位印度队友，因为冻伤，十个手指全部变黑而不得不将手指截掉。

经历了这次登顶，我感悟颇多，关于敬畏自然、团队协作，关于梦想、爱和放弃，我想，单单这一次的经历，就足够让我花上一辈子的时间去细细咀嚼、慢慢参悟。

关于“梦想”——“成功留给有准备的人”这句话，是永远的真理。在我攀登珠峰的过程中，经常有职业登山者会对队伍里一些攀登者的“业余”水平感到惊讶：有的攀登者甚至不知道如何穿上冰爪，相当多的人不懂攀岩和攀冰技术。我甚至遇到过一位身材肥胖的攀登者，大腹便便，一看就没有什么户外登山经验。还有从C2营地就开始用氧的攀登者，正常的用氧起点一般是海拔7200米，对氧气的过度依赖意味着攀登体力的不合格，而一旦遇上突发情况，极易引发死伤事故。这些没有攀登经验和能力的登山者，通过了尼泊尔当局的审核，花费几万美金去挑战珠峰、追求梦想，却在狭窄的通道中踟蹰不前，造成了致命的延误。

关于“爱”——家庭是我永远的支柱，四处漂泊的我无论什么时候回家，家的大门永远为我敞开。年少时总容易把家里的爱当作束缚，总想无拘无束地闯荡天涯，但每当我踏上冒险的旅途，家人虽然非常担心，却依旧会全力支持。丹是个非常恋家的人，每每看着他对家庭的依恋，我都很受触动。在大本营的时候，因为通信信号差，他一直在“嗞嗞啦啦”地倒腾卫星电话，每天早饭前后，他都会跟远在美国犹他州的家人联系。而每当此时，我就会想到我的家人，因为没有信号而失联这么多天，他们一定心急如焚，这对他们来说是何等艰难的日子？在攀登途中我一直在看《进入空气稀薄地带》这本书，书中的故事总会让我读到哽咽，读到落泪，但想想这次我的攀登经历何尝不动人心魄？读着读着，联想到自己的经历，书中的亲情带给作者的信念得以让他在重大山难中回到家乡，而这何尝不是我们这群攀登者同样刻骨铭心的故事。

关于“放弃”——几万美金、两个月的艰难困苦、长达数年的训练，差一百米甚至几十米的距离就有可能造成人生一辈子的遗憾，这样的情况下，“不甘心”是人之常情，但理智放弃的人，保有对生命的敬畏。除了凯，团队里的另一个男孩吉米的经历也令我肃然起敬。他是一个和我同岁的新加坡男孩，两年前在珠峰南峰海拔8700米处——距离顶峰不到150米的地方选择了放弃，原因是当时他的脚特别冷，可能面临冻伤和截肢。在这种情况下，即使真能冲顶，还能保证安全地回家吗？在这个时候他选择放弃的果断，我认为是专业的表现。能够登顶是我们的幸运，而知道什么时候应该放弃，才真正值得尊敬。今年他又来了，带着曾经的梦想，令人欣慰的是，29岁的吉米终于冲顶成功。

5月24日，登山公司来撤丹的帐篷，就在我的隔壁。大家都无言惋惜，虽然都知道登山很危险，难免会发生意外，但以往都习惯性地认为自己和身边的人会足够幸运，会与危险擦肩而过，而当灾难和死亡真真切切地发生在自己的身边，这种刻骨铭心的经历才会让人更加珍惜短暂易逝的生命。

今天我也要离开大本营，环视一下相处了50多天的珠峰，以及我亲密的战友——我的夏尔巴向导，再见。

直升机再次飞过喜马拉雅山脉，群山之间的珠穆朗玛峰依旧耀眼，不知道我来过的痕迹会保存多久，但是，它将永远留存在我的记忆中。

▲ 5月24日，登山公司来撤丹的帐篷

▲ 直升机再次飞过喜马拉雅山脉，群山之间的珠峰依旧耀眼

PART 6

我的生活在别处

冲顶珠峰时，我没有感到激动，没有想过荣光，更多的是发自内心的平静与抵达梦想的释然。但回归生活后，为何就迷失了方向？这也是我想要记录下这段经历的初衷，在回忆的过程中，能够重临其境地去叙述、去写作，再一次被撕裂、再一次被震撼、再一次被警醒，也再一次找回自己的初心。

抵达梦想后的迷茫

自成功登顶珠峰至今，已过去了三年多的时间，我的生活也发生了巨大的变化，我承认这是珠峰带给我的。

我得到了很多赞誉。虽然在户外运动圈，每年都会有成功登顶珠峰的人，但在我的生活和朋友圈中，这仍是一项壮举。

返程回到北京时，朋友们带着鲜花和横幅去机场接我，劫后逢生看到许久未见的亲朋好友，我突然感觉鼻尖一酸，心中无限感慨。

朋友们挨个和我拥抱并祝贺，大家一起合影留念。机场中人流不息，来来往往的人们驻足观看这热闹的场面，大概以为是哪个明星，那一刻，我确实也享受到了明星般的待遇。

朋友们得知我的归来，约饭的信息一直没有停下来，最忙的时候近两周的时间都被安排得满满当当。饭桌上，我一遍遍讲述着在珠峰惊心动魄的历险，接受着朋友们投来的敬佩目光和赞叹，觥筹交错之间，那场生死历劫仿佛是一场梦，

▲ 成功登顶珠峰后，我的生活也发生了巨大的变化

慢慢离我远去。

有了成功攀登珠峰的经历，我得到了很多"抛头露面"的机会。我接受了电视台、电台和新媒体的各种邀约采访，甚至上了中央电视台，向镜头前的观众讲述"珠峰希拉里台阶大堵车"这一历史性的山难。

那是我第一次登上央视，播出前，我打电话将这个消息告诉了家人。我至今还清晰地记得那一刻，我的声音颤抖、嗓子发紧，简单的一句话支支吾吾说了半天，电话里的母亲为我激动不已，我也情不自禁地红了眼眶。现在想来，那时的情景应该就像是一个顽皮的孩童终于获得了父母的肯定，我似乎终于从那个不让人省心的浑小子蜕变成了一个世俗意义上令父母感到骄傲的孩子。这一天，我也等了很久。

后来，仰仗着登顶珠峰的荣光，我参加了湖南卫视的综艺《天天向上》，与一众明星同台，向他们教授绳索技术；我也受邀参加《一站到底》节目的录制，与众多学霸一样去挑战答题……

我被评选为北京市通州区青年榜样，入选河北省登山协会高山委员会主任，我的母校华北科技学院为我举办了一场盛大的分享会，并且颁给我“杰出校友”的荣誉。当我站在容纳4000人的体育馆向学弟学妹们分享我的经历时，看着他们稚嫩的脸庞，我仿佛在人群中看到了曾经的自己——那个十年前如他们一样懵懂、对未来充满好奇的少年。从校长手中接过“杰出校友”奖牌的那一刻，我的自豪感油然而生，那是母校对我的认可，我也没有辜负母校的厚望。

除了分享会，母校还举办了“蓝天救援队华北科技学院筹备队授旗仪式”，这是让我最期待的事情。

救援队带给我很多宝贵的东西，它不仅教会我各种救援求生的技术，也让我从一个无知懵懂、只顾眼前的少年成长为一个有责任、有担当的青年。一个人的能力有限，那就集聚一群人的力量，所以我不仅是救援队员，还是救援队的教官，“授之以鱼不如授之以渔”，我想培养出更多优秀的救援队员，将这份爱心和力量扩大开来。

我一直与母校的老师保持着联系，当说起蓝天救援队的经历，说起想为母校做点什么时，我和老师共同想到了蓝天救援队。在学校筹办蓝天救援队分队，既符合母校以人为本的办学理念——“厚德启智，扶危安国”，也能为社会奉献更多的爱心，挽救更多的生命。攀登归来后，这件事被正式提上了日程，项目得到了蓝天救援队和校领导们的大力支持并最终落地。看着一群群年轻学子穿着标志性的蓝色队服，看着他们青春洋溢的面孔、坚定清澈的眼神，我心中感慨万千。希望能有更多的人加入公益事业，也希望有更多人能关注到身边以外的世界。

这些围绕在我身边的“热闹和簇拥”，就像登山季的珠峰，当登山季结束时，珠峰又会恢复以往的平静，而当登顶珠峰的话题热度过去后，我也慢慢变得没有那么忙碌，生活再次恢复日常状态，一如往昔。

攀登归来的那段时间，我被荣誉和赞叹围绕，也收到了无数节目的邀约。有那么一段时间，众星捧月般的生活让我迷失，在鲜花、掌声和聚光灯下，我开始享受起这种忙碌而备受瞩目的生活。

但是就在某一天，我突然发现，找我参与节目的人渐渐少了，甚至一个星期都没有一通邀约的电话，身边的朋友也不再认真听我讲已经讲过很多遍的珠峰攀登经历了，随之而来的安静让我倍感失落：是我不再受欢迎了吗？

那段时间我开始陷入迷茫，每当夜深人静，我时常会想，珠峰带给我的究竟是什么？仅仅是荣誉、赞叹和金钱吗？我成功攀登了珠峰，那之后呢？继续攀登

▲ 每当登山季结束时，珠峰又会恢复以往的平静

下一座山，继续去挑战自己的极限，然后继续享受鲜花和掌声吗？不可否认，生性外向且不拘一格的我十分享受万众瞩目的生活，但喜欢思考、关注内心的我，也怀念从前那个为梦想而拼搏的纯粹的自己。当时的我不知道以后的生活该何去何从，未来属于我的路在哪个方向，我看着镜子里的自己，甚至开始感觉陌生。

冲顶珠峰时，我没有过度激动，没有想过荣光，更多的是发自内心的平静与抵达梦想的释然。但回归生活后，为何就迷失了自己，迷失了方向？

这也是我想要记录下这段经历的初衷，在回忆的过程中，能够重临其境地去叙述、去写作，再一次被撕裂，再一次被震撼，再一次被警醒，也再一次找回自己的初心。

探险与救援的两极

珠峰归来的很长一段时间，我的行程被排得满满当当，连蓝天救援队的救援活动都很少参加了，更不要说训练，而我却经常穿着蓝天救援队的服装到处宣传。但当一切都归于平淡，为了沉淀那颗躁动的心，我渴望回到以前简单却牢固的生活圈子。

重新回到队中，一切熟悉又陌生。熟悉的还是这帮舍弃个人利益、无私奉献的队友们，陌生的是我突然感觉到一丝不自在，我离开这个队伍似乎有很长一段时间了。

那天晚上，我在蒙胧中做了一个梦，梦中我看到了两个自己：一个是依旧执着于攀登，不断挑战不同的山峰和极限活动，穿梭于各个国家之间，站在各种舞台上和镁光灯下，侃侃而谈梦想的力量和探险经历，被鲜花和热烈的掌声包围着的我；另一个是穿着一身标志性蓝衣，默默无闻，在废墟中拼命搜救，寻找生命的希望，在洪水中一趟又一趟地转移受灾民众，灰头土脸、汗流浃背，花费了无

▲ 有段时间，我甚至担心自己四处分享探险经历会给年轻人带来不好的影响

数的时间、钱财和精力，却会因为又营救了一个生命而感到无限开心的我。

梦着梦着就模糊了意识，梦境朝着变幻莫测的方向走去。我仿佛看见那个光鲜亮丽的我去救援现场搜救，也看见了穿着队服的我站在舞台上侃侃而谈……

次日清晨醒来，那个梦境的真实感令我困惑，到底哪个才是真正的我？我因为攀登珠峰带来的光环而冷落了救援队，如今回归救援队之后又感觉到了生疏。我甚至很担心自己的探险经历会给年轻人带来不好的影响，他们也许会效仿我而鲁莽地去“冒险”。

苦思冥想之时，我突然想起了梦境的后半段：两个不同的我仿佛交换了身份，瞬间，我幡然醒悟——哪里有两个不同的我？这分明只是我的两种生活状态，每一面都是真实的我——我的探险精神成就了我的梦想，我的专业户外救援知识也助力了我的梦想，而我成功的经历通过新媒体宣传，让更多的人了解了蓝天救援队，了解了这个无私奉献的群体，也激励了更多的人去做公益事业，去加入这个组织。

珠峰归来之后，那些被我渐渐遗忘的志向、勇气、责任与担当，随着我对自己的重新认识与接纳，它们再一次回到了我的身上。

志向、勇气、责任、担当……这些都与梦想一样珍贵。

我的身上开始有两个标签，一个是户外探险者“极限大龙”，另外一个就是让我引以为傲的“蓝天救援队队员”。我的生活也主要分为两部分，一部分是日常的户外爱好，另外一部分则给了蓝天救援队。

大家或许在媒体上经常可以看到蓝天救援队的身影，他们出现在各种救援现场。很多人以为救援队队员是一个职业，而救援队是单位组织，每个月会发固定的工资，但其实，蓝天救援队是一个社会公益组织，我们参加的所有救援活动均需自费，包括救援装备等。支援尼泊尔地震救灾的时候，都是我们自掏腰包购买的机票，而训练和救援也是大家利用自己挤出来的日常时间。

掐指算来，我进入蓝天救援队已经近10年。我在救援队中主要参与应急救援、防震减灾知识宣传、消防安全演练、队内技能培训等。10年时间说长不长，

▲ 探险与救援的两极人生

说短也不短，如果用数据说话，则是累计参加了68场现场救援、248次活动出勤、9967小时的社会公益服务。

这几十次的救援，每一次都让我印象深刻，落水打捞、深山搜救、地震搜救、疫情支援、暴雨洪水转移民众等。每次面临的灾难虽然不同，但救援队的目的只有一个——尽可能地去拯救每一个生命，也正是在蓝天救援队的日子，让我更加体会到生命的无常和宝贵。我想这大概和医生救死扶伤的工作性质一样，终日目睹生离死别，所以更加想尽自己最大的努力去挽救生命。与此同时，蓝天救援队的经历也间接助力了我成功登顶珠峰，救援队里长年累月的训练经历，使我掌握了很多户外急救技能与生存法则。

与其说是我加入了蓝天救援队，不如说是救援队接纳了我，而能成为蓝天救援队队员，也是机缘巧合。

大学期间，我经常和朋友去郊外爬山，有一次爬到半山腰，一个朋友没有看清脚下的路，直接从山坡滚落了下去，当时，人被摔得无法起身，大家心急如焚却束手无策，只能拨打救援电话等待救援。等待救援的时间不长，但备受煎熬，朋友痛得满头是汗，而我们能做的除了安慰也别无其他，好在救援人员很快到达现场，做了处理并将朋友安全运送下山。那次意外对我的触动很大，作为户外运动爱好者，经常在野外活动，难免会遇到意外，但我竟然不懂急救常识，这使我感到无比惭愧与后怕。

那次意外后，我下定决心要学习户外救援知识，希望既能保证自己在户外活动时尽可能地免于遭受意外，还可以顺便救助他人。于是我经常去参加一些急救培训，在一次培训中，偶然认识了一位蓝天救援队的队长，我和他聊得非常投缘，可谓相见恨晚，也是他推荐我加入了蓝天救援队。

队长很耐心地和我讲解了蓝天救援队的初衷和使命，让我对这个组织产生了强烈的好奇。不过当我听到这是一个纯公益组织，救援费用都需要自己掏腰包时，我犹豫了，毕竟当时的我还只是一个学生，如果只是付出时间和力气，我想我会毫不犹豫地答应，所以我没有立刻接受队长的邀请，答应考虑一下再回复他。

回去后我辗转难眠，一直思考着是否要加入。我在网上搜索到很多资料，看到很多救援的场面，又回忆起朋友爬山摔伤腿时，他们专业的救援操作。我想我不该犹豫了，时不我待，如果等到我有了钱才开始这一步，也许就太晚了。

我很庆幸自己当年的选择，蓝天救援队的经历不仅教会了我丰富的户外救援知识，也见证了我一路的成长。我从最初的志愿者，到考察队员、预备队员，直到成为正式队员，经过不懈的努力学习，现在的我已经是蓝天救援队的骨干成员了，同时还是救援队的水域和绳索教官。

这期间，也有很多人表示不理解，又出钱、又出力，图什么呢？我并没有多么伟大，人性的自私我也会有，自掏腰包去救援，又累又苦，甚至还面临各种危险，曾经的我确实不理解这种无私奉献的精神。

但在我结识并了解蓝天救援队的诸多队友后，他们让我改变了想法——也许一个人的力量是有限的，但是一群人长期做一件事，力量就会无限增加，所谓集思广益、众志成城。

随之而来，我的人生观和价值观也开始发生变化。最初我的想法比较简单，蓝天救援队的名气大，可以在做好事的同时满足自己少年的虚荣心，而且又能学到户外知识，在我看来是一件两全其美的事；后来，因为经常参加队内训练和救援，从未看到任何一个队友叫苦不迭或临阵退缩，大家都在想办法发挥自己和团队最大的力量，我默默地看着，内心却充满无尽的感动和钦佩；再后来，经历了救援，见到了生命的逝去，也熬过了熟识的队友在救援过程中牺牲的痛苦阶段，我开始理解为什么救援队的成员对于这项事业如此鞠躬尽瘁，我的所思所想也渐渐地向他们靠拢。

对于做公益，我同样想用“坚持”二字来表达，公益是一项长期的事业，坚持下来的理由不再是荣誉与褒奖，而是当面对灾难与突发事件时，可以通过我们学到的技能，在各种危机前竭尽所能地挽救生命。我也希望通过我的努力去影响更多的人。不是所有的付出都要有回报，如果说登珠峰是我的梦想，那么救援就是我人生价值的实现。探险与救援，看似两极，却互不冲突。

理性探险，是我一直推崇的户外理念。

在蓝天救援队，我们经常会遇到一些想要冒险的驴友因为私自闯入无人区而被困，因为没有提前掌握天气情况突变被困，因为寻求刺激、攀爬能力范围外的野山被困等情况，在危险到来之前，探险者毫无察觉，而当危险来临时，又手足无措，才会造成意外的发生，其实通过掌握户外救援知识，这些事故完全可以避免。

▲ 蓝天救援队改变了我的人生观和价值观

我在很多场合都说过“探险不是冒险”这句话，寻求刺激不仅会将自己置于危险之地，可能还会使你的同伴、救援你的人同样受到伤害，甚至造成严重后果，就像我在前面写到的，珠峰之所以发生“大堵车”事故，除了那年“窗口期”时间较短，造成所有攀登者在同一时间拥堵于希拉里台阶，还有一个重要的原因，即存在着一批实力不足却侥幸“冒险”的人。这并不是我成功登顶后的“狂言”，而是因为我亲身经历了那场山难，在山难中见到了至今还使人后怕的场面。

大自然从来都不是被征服的，我们要时刻保持对自然的敬畏，也要对生命保有珍惜。

▲ 大自然从来都不是被征服的，与其说我们登上了珠峰，不如说是珠峰接纳了我们

致敬夏尔巴人

每一个成功的珠峰攀登者，背后都不乏优秀的夏尔巴人的托举。

如果说珠穆朗玛峰让世界认识了夏尔巴人，那么夏尔巴人就让世界看到了一次次矗立于世界之巅的攀登者。

自19世纪下半叶开始，喜爱冒险的西方登山家挑战完欧洲的山脉后，便开始把目光转向了亚洲的喜马拉雅山脉和喀喇昆仑山脉。但是他们来到喜马拉雅山脉之后，却发现遇到的最大问题不是攀登技术，而是后勤保障问题。因为在现代登山的发源地——欧洲的阿尔卑斯山脉，其最高的山峰的海拔也不过4800多米，相对来说后勤保障比较容易，但是在喜马拉雅山脉海拔8000多米的地方，事情就变得棘手了。

但很快，这个问题得到了解决，他们发现当地人在高海拔地区能轻松应对恶劣环境，并且行动敏捷。在西方登山家的培养和组织下，这些当地人渐渐加入登山运动中来，成为珠峰攀登者的后勤保障人员，这些当地人就是夏尔巴人。

▲ 年轻力壮的夏尔巴小伙子在铺设路绳、架铝梯

夏尔巴人，因为攀登珠峰运动的兴起，有着“喜马拉雅山脉上的挑夫”的称呼。

因为年纪、身体素质和技能的不同，他们的工作分工也不同。有的人承担物资运输、营地建设和餐食卫生等比较辛苦的基本工作，这种工作被统一称为“高山协作”；也有年轻力壮的小伙子做开辟路线、铺设路绳、架铝梯、护送攀登者登山的“高山向导”。“高山向导”的薪酬要高于“高山协作”，但是危险性也更高。

从南池前往珠峰大本营，当我第一次接触到夏尔巴人，他们就让我产生了由衷的敬佩。

前往珠峰大本营的路都是山路，每天需要徒步十几公里，而且要在大本营生活近两个月，因此攀登者们通常会带很多物资和装备。道路崎岖难走，骡子爬不上来，只能靠人工背。普通人在高海拔负重寸步难行，因此攀登者们的行装便由夏尔巴人背负上山。因为贫穷，他们没有专业的登山鞋，有时就穿着一双破皮凉鞋，一口气背上几个重几十公斤的大登山包，背篓超过了半截身子，就这样弓着腰、弯着背，踩着泥土一步一步攀爬上山。

队伍中有一个与我同龄的夏尔巴小哥，黝黑的皮肤布满了皱纹，面容在终年的风吹日晒下像40多岁的人。他说自己没有读过书，家中又有妻儿、老人要养活，只能干这种力气活，在登山季能找到这样一份工作就已经让他心满意足了。

虽然一路走走停停，额头间的汗水湿了又干、干了又湿，但他们一个个都特别爱笑，牙齿在黝黑皮肤的衬托下更显得洁白如雪，生活即使压弯了他们的腰杆，也没有压垮他们对生活的向往。

▲“喜马拉雅山脉上的挑夫”——夏尔巴人

到了珠峰大本营，一顶顶搭建好的帐篷里都备齐了必需的生活物资，厨师、医生、向导等一应俱全，攀登者的生活起居基本都被夏尔巴人安排得妥妥当当。

通往珠峰峰顶的路都是有既定路线的，但是需要在冰川之间架设铝梯、在沿途铺设安全绳。很多人好奇是谁架起了这些通向梦想的“生命天梯”，其实就是这些夏尔巴人。

之前提到过，在昆布冰川行走是异常危险的，铺设安全绳的夏尔巴人在没有任何安全保障的情况下，冒着生命危险，架设起全长达7000～8000米的安全绳。

他们携带路绳爬到高处，将绳体用冰锥固定进冰冻了千年的坚硬岩石中，然后再将绳子垂下。路绳对于后续的物资运送和攀登十分关键，在一定程度上起到了保障攀爬人员生命安全的作用。

▲ 每一个成功的珠峰攀登者，背后都不乏夏尔巴人的托举

▲ 也许我这辈子都不会再去攀登珠峰，但夏尔巴向导们却不得不出现在每年的登山季

随着近几年攀登珠峰热度的高涨，高山向导这个职业已经成为一个夏尔巴家庭的主要收入来源。但并不是所有家庭都会因此改善生活，几乎每个夏尔巴家族都会有人命丧珠峰，有的家庭甚至因此而陷入雪上加霜的困境。

2014年4月18日，发生了人类攀登珠峰史上的最大灾难之一——珠峰南坡大雪崩，16名夏尔巴向导当场身亡。在灾难面前，大自然对谁也没有偏袒，哪怕是常年生活在这里的子民。

而在我攀登珠峰时，除了和我一起在希拉里台阶遭遇了“大堵车”的危险，我的向导也险些因为氧气瓶阀门堵塞而发生意外。

攀登珠峰的人大抵分为两种：一种是因为梦想，另一种则是为了生计。也许我这辈子都不会再去攀登珠峰，不敢再去体验那种濒临死亡的感觉，但夏尔巴向导却不得不出现在每年的登山季。

赞誉、鲜花与掌声不应该只为户外攀登者而存在，夏尔巴向导更值得被尊敬、被记得。

在此，我衷心地感谢我的向导朋友——帕桑·天井（Pasang Tenje）。

▲ 2019年5月17日，我所在的珠峰登山队大合影

你的山，是哪一座？

30岁前的梦想，我如期完成了。但人生从不是一个壮举、一件大事所能概括的，那些看起来耀眼的事情，未必能点亮生活这片汪洋大海里的所有黑暗，但它像一座灯塔，让我在迷茫的时候，知道我是战胜过自己的，将来也应该可以。

人生的路还有很长，我需要不断地点亮这座灯塔，照亮自己，也希望能够给他人带来微光。攀登珠峰对于我的意义不仅在于登顶成功，因为即使登顶失败，这5年来的坚持和50多天的艰辛，也足以将我磨砺成为一个崭新的人，使我坚信梦想是可以实现的——只要开始行动、开始积累，不停地克服障碍、突破自己，梦想便可触及。

也许你并不热爱登山，但相信每个人内心都有一座属于自己的“珠峰”。如果有梦想，那就去追逐，虽然未必能够实现，但追梦路上的人永远熠熠生辉。

至于40岁、50岁的我的梦想又是什么？我的生活将会有哪些改变？我很期待。你的山，又是哪一座？

▲ 实现梦想的过程虽然艰难辛苦，但那种发自心底的热爱，让我甘之如饴

PART 7

附录：珠峰攀登清单

克服恐惧，并不是简单地给自己加油鼓劲，而是要思考如何化解恐惧，发现恐惧的源头，是对自己的身体体能的担忧，还是对前方线路的不确定，抑或是感知到了危险等。这些恐惧的源头都会引领你做出下一步思考和决策。

用“台上一分钟，台下十年功”来形容攀登珠峰一点也不为过，正是因为有前期的不断积累，才能有机会站在峰顶。

在平日的谈论中，我了解到很多热爱攀登的朋友都有攀登雪山，甚至是珠峰的梦想，但珠峰的危耸却令人望而却步，在这里送给大家一份“攀登清单”，希望热爱攀登的我们都能更加科学和安全地朝着梦想继续前行。

一、技能篇

1. 丰富户外知识储备

2. 攀登的进阶之路

3. 专项技能养成

4. 强大心理素质练就

二、装备篇

1. 衣着装备

2. 露营装备

3. 技术装备

4. 急救药品

三、经费篇

1. 攀登费用与登山公司的选择

2. 费用筹集

技能篇

1. 丰富户外知识储备

不要小瞧书本里的知识，看似无形，却能在关键时刻救命。户外基础知识对于户外运动就像万丈高楼的地基，地基不牢会有很多隐患，而学习的途径也有很多。

（1）户外网站：建议多关注比较知名的户外网站或公众号，比如“8264户外”资料网、“绿野”或“雪线之上”等，这些网站都是由专业人士经营发布的，汇集了徒步、装备、露营、登山等诸多户外知识。

（2）户外讲座：参加线上或线下的户外知识讲座或经验分享，这类讲座会聚集很多户外大咖，听这些大咖们的分享，犹如站在他们的肩膀上，看到更高更远的山峰和世界，也会让你看到梦想的价值和成功的意义。

（3）懂得分辨：户外知识同其他信息一样，也是鱼龙混杂、真假难辨，一些江湖传言在关键时刻不会帮你，甚至会让你“雪上加霜”，陷入更深的困境。

2. 攀登的进阶之路

成功攀登珠峰的背后，始于我在百米跑道和体育场上流下的汗水，在数座雪山上留下的一步一个脚印，才从最初的户外小白变成了如今的户外达人。从0至1，这一过程虽然无比艰难却必不可缺。在这里，我把我的经验与他人的经验结合起来以供参考，你也可以根据自身的特点和喜好制定一条属于自己的珠峰进阶之路。

第一阶段：跑步

攀登时，充沛的体力是成功的关键。很多人爬个小山坡便气喘吁吁，更不要提在高海拔负重前行了。

充沛的体力决定了你能走多远、走多高。体力是可以通过后天锻炼提升的。要提升体力，就要提升心肺功能，方法也有很多，比如跳绳、单车、游泳、跑步等运动，大家可以根据自己的喜好进行选择。

我经常跑步，跑步也是一个循序渐进的过程，而我是从短跑开始，到长跑，再到越野跑逐渐提高难度的。

（1）短跑

高中时我便成为一名短跑运动员，这是我与体育运动的第一次亲密接触，也是我攀登珠峰的起点。

短跑是人体在大量缺氧的状况下持续高速跑步的极限强度运动，是典型的无氧运动。长期坚持短跑，会使心肌变得强壮有力，增强心脏的耐受力。这也培养了我的爆发力和体能，通过在运动场一圈圈短跑的积累，让我具备了随时可以爆发的速度和力量。

（2）长跑

离开赛场后，练习短跑的机会也越来越少，但这并不影响体能的训练。我从爆发力的训练开始向耐力发起挑战，那就是长跑。

定期进行长跑的人，大概四周后会发现自己的进步：呼吸变得不再急促，耐力逐渐提高，腿部肌肉也变得强劲有力，这就是长跑的魅力。

长跑可以说是最简单的运动了，对场地、时间要求都不高，无论是在西藏高原，还是在异国他乡，无论是出差还是度假，我都没有中断长跑，哪怕一天只有10公里。看似仅有10公里，日积月累就是上千公里。从一开始的气喘吁吁到后期的轻松应对，长跑奠定了我攀登珠峰的耐力与体力。

（3）越野跑

长跑主要是在城市之中的平坦道路上，耐力虽然锻炼出来了，但缺少与自然的接触，也缺少面对崎岖不平道路的经验，但越野跑可以补足这些。

首先，越野跑能极大地增强力量，崎岖的地形也能迫使身体调动全身肌肉参与到跑步中。腿部力量与腹部肌肉会变强，核心肌群力量也会得到提高，双臂的摆动会更加有力。适应了山路之后，在公路上或者跑道上会跑得更快。

其次，越野跑也会迫使人专注于技术和风险，大自然的宁静可以让人集中注意力和呼吸，并在受到伤害之前注意路面或周围存在的风险。

（4）注意事项

跑步看似简单，姿势是否正确、热身是否正确、能否坚持等都决定了跑步的质量，也决定了身体是否会受到不良姿势的伤害。

做好热身运动：跑步前做好充足的热身，对肌肉、韧带、关节的拉伸，可以减少对关节（包括肩关节、髋关节、腕关节、膝关节、踝关节等）的摩擦，使机体处于比较活跃的状态，有利于运动，避免大力的活动导致肌肉拉伤或者骨骼的损伤。

跑步姿势要正确：跑步中的一个完整动作的完成，一是使脚底着地，二是使身体保持平衡并向前移，三是向上抬。只有跑步姿势正确，才能保证有效锻炼身体并且不受伤。

选择合适的跑鞋：技术能决定跑多快，而一双舒适的跑鞋决定能跑多远。跑鞋鞋底一定要有充分缓冲，若是鞋子的缓冲不够，来自地面的持续冲击会令你痛苦不堪，更严重的还会伤及脚踝。

第二阶段：户外徒步

户外徒步是最接近大自然又轻松的户外运动之一，既可感受徒步山野的乐趣，还能亲身实地去实践户外知识，比如打包行李、搭建帐篷、野外生存等。同样，户外徒步也要秉承先短后长、先易后难的原则进行。

（1）短线徒步：短线徒步可以从单日徒步开始，单日徒步的路程可以控制在20～30公里。因为只有一天，路线比较简单，户外装备也相对方便。你可以准备一个小型登山包、一对登山杖、一套排汗或保暖衣物，外加一双舒适的登山鞋即可。

（2）长线徒步：体验过单日徒步的乐趣后，便可以开始长线徒步的体验。长线徒步可细分为小长线徒步和长线徒步。

小长线徒步一般时间在3～5天，还能在户外露营2～4夜，通过小长线徒步可以学习到帐篷搭建、重装徒步等技能。每日负重前行大概6～8个小时，当然也要根据自身体能进行考量。

长线徒步一般时间在5～7天，户外露营的时间更长，更深入山野腹地，而远离现代文明，手机可能也会没有信号。想体验长线可以去青藏高原、川西、天山地带，如稻城亚丁、贡嘎环线、鳌太线等。

户外装备：具有良好的背负系统的登山包、防水透气性强的专业徒步鞋、登山杖、保暖的帽子手套、帐篷、睡袋、太阳能板、炊具和卫星导航等。

注意事项：提前了解好路线和天气，不要盲目开始徒步旅行。开始爬山之前，做好充分的准备活动，包括拉伸，让关节、肌肉和韧带等得到良好的预热。同时要对失温、野生动物和迷路等风险有所了解。

第三阶段：海拔5000～8000米的雪山

当长线徒步时看到远处的雪山，喜欢登山的朋友想必会对皑皑白雪覆盖下的巍峨山峰产生向往。积淀了一定的户外技能和体力后，便可开始向雪山出发了。

不论是想感受雪山震撼的风景的观光摄影爱好者，还是打算加入登山爱好者行列的人，都需从易到难，循序渐进。每座山峰都有其特点，从中积累经验，会使你对雪山更加了解，对自己的能力也会有整体的认识和定义。

（1）海拔5000米的雪山

中国境内的雪山资源数不胜数，从已被探索的到未被探索的，从已被开发的到未被开发的，分布广泛，难易程度不同，海拔高度各异。如果能够在8小时内完成20公里徒步、2000米爬升的周末爬山路线，那么这样的体能用来应对一座海拔5000米的入门级雪山就足够了。

对于热爱雪山的户外爱好者来说，第一座雪山意义非凡，像四姑娘二峰、奥太娜、桑丹康桑、姜桑拉姆、雪宝顶和哈巴雪山等都可以。以上雪山海拔低、坡度小、冰裂缝少、很少雪崩、安全系数高，最适合攀登者入门，属于“菜鸟”的天堂，而我的第一座雪山便是从哈巴雪山开始的。

哈巴雪山位于香格里拉市东南部，最高峰海拔5396米，最低江面海拔仅为1550米。山势上部较为平缓，下部则陡峭壁立，望之险峻雄伟而又美丽神秘。哈巴为纳西语，意为“金子之花朵”。哈巴雪山与玉龙雪山隔虎跳峡相望，是两座著名的初级雪山，风景独特，攀登难度低，非常适合大部分初级户外爱好者攀登。

哈巴雪山是云南省的第三高峰，周围很空旷，所以高空风是攀登哈巴雪山最大的一个难题，基本上被迫放弃登顶的原因都是风太大。决定能否登顶的，还有个人的身体综合素质和与向导协作的职业素养。

哈巴雪山的登山时间也比较宽裕，每年3～6月或者11～12月都可以。冬季攀登可以体验真正的雪山，但是气温更低，雪堆得很厚，风也更大，挑战难度相对较高；而夏季攀登，虽然山上雪相对较少，但可以观赏漫山遍野含苞待放的杜鹃花。

攀登雪山一定要选对时间，比如在1～2月的话，哈巴雪山的疾风最高可达8级，非常不适合攀登，甚至有冻伤的风险。

攀登海拔5000米的装备也不同于徒步，除了基础装备之外，还需要专业的高山靴，保暖防风的羽绒服、冰爪、冰镐、下降器和上升器等。

（2）海拔6000 ~ 7000米的雪山

多攀登几座海拔5000米级的雪山后，就可以尝试挑战一下海拔6000 ~ 7000米级的雪山。看似只有1000米的差距，但是对体能、技能都要求更高。攀登海拔6000米级的雪山一般周期在一周左右，而国内也有不少高海拔雪山，如启孜峰、玉珠峰、雀儿山等。

攀登海拔5000米级雪山当日便可下山，而攀登海拔6000 ~ 7000米级雪山周期较长，在雪山之上过夜也是一大挑战，攀登训练后再返回大本营休息，慢慢让身体适应高海拔。

这里着重强调两点最需要克服的困难——高反、寒冷。

高反是高海拔攀登最可怕的事情，无论你是身强力壮的年轻人，还是从小生长在高原上的当地人，在如此极端的环境中都可能会面临高反的问题。急性高原反应易发展成脑水肿或肺水肿，严重时会致人死亡，有很多登山者都因为高反止步于登顶前。

不要轻视高反，在雪山上一旦出现高反症状，如头痛、失眠、食欲减退、疲倦、呼吸困难等，如果吸氧、用药后都没有改善，切记要停止上升，尽快下撤至低海拔地区。此刻不要意气用事，这不是该咬牙坚持的时候。

寒冷是攀登雪山固有的阻碍，也要做好充足准备。海拔6000 ~ 7000米的山峰相比海拔5000米的山峰更加寒冷，甚至有些山峰因为是当地最高的山峰，可能还有“风寒效应”，即一种因风引起的使体感温度比实际气温低的现象。所以，购买保暖装备一定要毫不吝啬，如高寒睡袋、手套、保暖内衣、羽绒衣裤、墨镜等都要选择专业的。

（3）海拔8000米的雪山

如果在具备了足够的雪山攀登经验之后，你想在攀登珠峰之前尝试海拔8000米级的雪山，那就要打起十二分的精神和做好充足的心理准备了，攀登海拔8000

米级的雪山途中充满变数和危险。

为了确定自己的身体状态和技能储备是否符合攀登珠峰的标准，我选择了马纳斯鲁峰。马纳斯鲁峰海拔8163米，是世界第八高峰，在为期约一个月的高海拔适应性训练后，我于2018年9月28日北京时间早7点，第一次登上了生命中第一座海拔8000米以上的雪山。

现在回想选择马纳斯鲁峰是一个很正确的选择，不仅是因为她的海拔与珠峰相近，同样是在尼泊尔，而且峰体上也覆盖着很厚的冰雪，巨大的冰川分布在冰谷中，随时会面临着雪崩的危险。成功登顶海拔8000米的雪山不仅是技能的提升，更是一种信心的提升，让我对攀登珠峰多了一些自信，少了一些恐惧。

3. 专项技能养成

攀登雪山是一项综合技能的考验，心理、体能、技能等无不是门槛，而掌握几项专业的技能尤为重要，甚至能在关键时刻救命，这是我在珠峰希拉里台阶遇险时的深刻体验，而我的专项技能就是攀岩和攀冰。

（1）攀岩

攀岩也属于登山运动，攀登时没有可借助的工具，只能靠手脚和身体的平衡向上运动，手和手臂要根据支点的不同，采用各种用力方法，如抓、握、挂、抠、撑、推和压等，所以对力量要求及身体的柔韧性要求都比较高。看似是用手臂向上抓起，实则也很考验腿部的力量。

攀岩分为自然岩壁攀登和人工岩壁攀登，如果是新手，一定要从人工岩壁攀登学起并掌握。

顾名思义，人工岩壁是人工制造的攀岩墙，包括室内攀岩馆和室外人工岩壁，这种岩壁安全性很高，不可预见因素很少，非常适合新手小白训练，而且岩馆基本都在市区内，可以随时去体验。

自然岩壁一般是未经开发和清理过的难度较大的攀岩路线，也就是传统的真正的攀岩。这类岩壁一般在郊区，因为是自然形成的，相对于人工岩壁来讲有更多的不确定性，但是也多了一分贴近自然的乐趣。

我经常去攀爬自然岩壁，让自己更能适应自然、感受自然。攀岩除了注意服装、身体预热等，最需要注意的是穿戴好安全护具，一定要系上安全带和保护绳，配备绳索等以免发生危险。穿戴安全护具时既不能绑得太紧，也不能太松，在户外攀岩时，护膝、护肩、护肘和头盔同样不可或缺。

（2）攀冰

攀岩可以说是给攀冰打下基础，攀冰是攀登高山、雪山的必修科目，主要是攀登自然冰，分为冰瀑和冰挂两种，对装备质量和个人体能都要求极高。

攀冰被誉为“冰瀑上的芭蕾”。在20世纪60年代以前，冰壁攀登一直是登山探险中难以逾越的障碍，许多登山家就因为在攀登过程中遇到冰壁而功亏一篑，就像在希拉里台阶“堵车”中很多登山者的困境一样。而到了60年代末，欧洲的一些登山者根据多年积累的经验发明了附带锯齿状镐头的小冰镐及带坚硬前刺的冰爪，这些看似简单的工具却改写了人类的攀冰登史。

掌握基本技能：第一次攀冰，一定要提前掌握基本知识，认真倾听教练讲授的方法和技能，切不可盲目行动。

注意时节：因为冰瀑主要是自然形成的，存在一定的危险性，而攀冰时的安全性和冰的质量息息相关，只有在深冬时节，冰层已经冻得足够牢固，才可进行此项运动。

选对装备：攀登的主要技术装备包括冰镐、冰锥、冰爪、头盔、高山靴等。头盔就像工地的安全帽一样重要，攀冰时冰壁上时常会有冰块脱落，或者冰镐刨冰时产生较大的冰块飞溅脱落，击中攀登者头部，因此在攀冰时必须佩戴专用的头盔，以免撞伤或砸伤头部。

4. 强大心理素质练就

攀登雪山是一项充满乐趣的极限挑战，登顶成功后会带来很大的满足感和成就感，但过程充满坎坷，身体在经受严寒和高反的考验，而心理同样面临着恐惧、担心、悲伤、焦虑等多种情绪的包围和考验。

（1）培养乐趣：攀登是件辛苦的运动，如果不是乐趣所在，定会感到更加疲惫。学会在极限运动中找到乐趣，比如在珠峰大本营时，我时常和队友交流户外经验、喝茶聊天、敷面膜、晒太阳，这都属于苦中作乐，在艰苦条件中创造乐趣，多年以后回忆起来仍是一段美好的时光。

（2）克服恐惧：提到恐惧，这并不丢人，如果对大自然、对山峰没有恐惧的心理，那才是一件可怕的事情。正所谓“无知者无畏”，无畏并不是一件好事，只能证明你对潜在的危险一无所知。随时可能发生的雪崩会造成掩埋，脚下有着巨大裂口的冰川一旦坠入便是无底深渊，陡坡容易滑坠，寒冷、高反会诱发死亡……

克服恐惧，并不是简单地给自己加油鼓劲，而是要思考如何化解恐惧，发现恐惧的源头，是对自己的身体体能的担忧，还是对前方线路的不确定，抑或是感知到了危险等。这些恐惧的源头都会引领你做出下一步思考和决策。

（3）增强自信心：除了要克服恐惧外，还要增加自信心。自信当然不是盲目的自我崇拜，而是对所处的环境和自我实力的了解。比如是否有足够的体力做好最后冲顶、是否能保证自己安全下撤、是否有经验穿过高危地带等。

（4）学会放弃：自信是成功的关键，但不能以“不成功便成仁”的心态去面对攀登，可以去“探险”，但不能去“冒险”。虽然有时放弃比坚持更难，但作为一名极限爱好者一定要懂得权衡，失败可以重新出发，但如果永远留在雪山之上就再也没有机会了。

装 备 篇

1. 衣着装备

攀登雪山对衣着装备要求很高，面对零下几十度的低温，稍有不慎便会冻伤或晒伤，雪镜不专业也会造成雪盲症。

（1）头部装备

头部是全身最需要保护的部位，除了要注意保温，还要注意坠石落冰、晒伤、雪盲的危险。我在攀登珠峰时脸部就因为没有保护到位而被冻伤。

头盔：攀登高海拔雪山要选择专业的登山头盔，如有欧洲标准或是国际登山联合会标准认证的头盔设备。头盔的选择马虎不得，它可以预防头部遭受意外伤害。

保暖帽：头部的保暖尤为重要，可以选择保暖效果较好的羊毛材质，相对较薄且携带方便，但无论是哪种材质，必须能遮住耳朵。

头灯：冲顶都是在凌晨进行，所以头灯必不可少。要使用最高亮度不小于200流明的登山头灯，且携带不少于一套抗低温的锂铁备用电池，以免低温耗电过快。

头巾：头巾可以用于颈部的防晒和保暖，材质选择速干面料或者羊毛面料均可。

雪镜：雪镜要达到3级防护等级（防护等级根据透光率和海拔确定）才可以，如果级别不够容易患上雪盲症。

防晒霜：海边度假需要防晒，而雪山攀登中防晒同样必不可少。雪山上的紫外线格外强烈，防晒霜一定要选择能够抵抗UVA、UVB的。

（2）躯干装备

躯干的保护主要是为了保暖、防风、防雨、透气等，因为攀登雪山是耗费体力的运动，所以选对装备很重要。

保暖速干内衣：很多运动爱好者都知道内衣要选择速干型，如为纯棉贴身衣物虽然容易吸汗但不易挥发，衣服变得湿黏贴在身上，容易迅速带走体温。

抓绒衣裤、软壳衣：抓绒衣裤就像毛衣一样，主要承担中层保暖作用。而且可以在大本营作为日常穿着，软壳衣可以作为防风层。

冲锋衣裤：冲锋衣裤和平常穿的三合一休闲冲锋衣裤不同，需要选择静水压在20000毫米以上的专业款式。

羽绒服：羽绒服的作用无须多说，如果有一件轻薄又保暖的羽绒服，在高海拔的雪山上是一件轻松又幸福的事。除了羽绒服还可以准备羽绒裤，怕冷体质的人可以在冲顶的时候穿上。

连体羽绒服；这是登顶必须穿的装备，上下连体的设计营造了一个整体的温控调节系统，从而有效提高保暖性，并且省略了多余的设计使重量变轻，更加方便安全，舒适性较好，看似略显臃肿，实则活动更加便捷。

手套：一双舒适的手套会增加行动的便利性。需要准备薄手套和厚手套，薄手套可以在天气不冷的时候使用，最好选用防风款；厚手套填充了保暖材料，冲顶的时候可避免冻伤。

（3）足部装备

速干袜、羊毛袜：除了速干衣，速干袜也是必备之物，而羊毛袜是在温度更低的高海拔上使用的。

登山鞋：针对不同地形和海拔，鞋子也需要准备充足，有进入大本营时的徒步鞋、保暖营地鞋、羽绒或抓绒制成的羽绒软鞋，还有专业的高山靴。高山靴与普通的登山鞋不同，因为在爬雪坡时要经常踢冰雪，才能有足够站立的空间，所以只有高山靴才能提供足够的保护。

2. 露营装备

攀登海拔6000米级以上的雪山几乎都需要在雪线上露营。攀登珠峰有为期近50天的拉练，在此期间吃住都在营地，所以露营装备尤为重要。露营装备的好坏决定了休息的好坏。不过如果是选择了专业的商业登山公司，这些都可以无须考虑。

（1）帐篷

雪线上的露营地虽然选择的都是防风地带，但是牢固性依然重要。和普通的露营帐篷不同，要选择专业的户外测地线结构帐篷。

（2）羽绒睡袋

睡袋就像棉被，保暖度和舒适度直接影响睡眠质量，羽绒睡袋的选择要根据自己体质是否怕寒和攀登的雪山海拔高度进行选择。

（3）睡垫

如果说羽绒睡袋似棉被，那么睡垫的作用就是床褥。睡垫的种类大致包括三类：泡沫垫、充气垫和薄泡沫垫加充气垫。

3. 技术装备

除了衣着装备和露营装备，还需要专业的户外技术装备，以用于攀爬雪坡、冰坡，以及在冰川上两三人一队结组行走。

登山杖：登山杖能够在爬坡时提供更好的支撑，也能辅助在平坦的道路上加快行进速度，而且在下山时有助于保持平衡。

安全带：安全带优先选择轻质量款的，这样能节省体力，同时腰围要合适，因为安全带是穿在登山服外面的。

主锁、散锁：主锁准备2~3把，其中一把要选择大开口梨形锁，用于连接安全带、下降器等，另外2把用于牛尾确保端或上升器。散锁准备1~2把，可以使用快挂单锁或主锁替代。

上升器、下降器：上升器用于攀爬雪坡和冰坡，分左右手，一手上升器、一手冰镐，根据自己的使用习惯进行选择。下降器主要用于从雪坡和冰坡下降使用。

冰爪：冰爪要选择带粗壮前齿且带阻雪板的登山冰爪，要12齿以上的。

冰镐：冰镐在爬冰坡、雪坡之时是必用的装备，优先选择直镐，不要用攀冰的弯镐。镐长要根据自身的身高进行选择。

牛尾：牛尾用于装备器械和安全带的连接，应准备专业牛尾或用扁带替代。

辅绳：辅绳作为必备装备，主要为防止滑坠使用。应选择5~6毫米直径的短绳，用于下降时做抓结。

除以上装备外，还需要准备背包、护膝、雪套等，此处就不一一赘述，大家可根据自身情况进行选择。

4. 急救药品

净水药：饮用水如果不洁净，很容易引起身体不适，直接影响攀登。雪山多处于偏远地区，甚至是异国，使用净水药有备无患。

急救包：急救包中一般包含大多常用药片及医用品，包括创可贴、酒精片、止血膏、纱布、绷带、阿司匹林等，可根据自身情况让医生开具一些处方药，如高反药、抗生素、芬必得等。

经 费 篇

1. 攀登费用与登山公司的选择

（1）攀登费用

攀登珠峰的路线主要分为中国的北坡和尼泊尔的南坡，多数登山者会选择尼泊尔的南坡，因为相较于中国的北坡，尼泊尔对登山者的人数和资质限制相对宽松，而且尼泊尔当地的登山公司收取的服务费用更低。不过想要获取登山许可证仍是一笔不小的支出，从尼泊尔境内攀登珠峰的登山者必须获得尼泊尔旅游局发放的登山许可证，价格高达1.1万美元，如果是尼泊尔公民，则只需要支付650美元。在申请时，登山者需要出示身体健康证明，但尼泊尔当局不会调查申请人是否具备登山经验。

从2014年开始，攀登者在办理登山许可证时还要缴纳4000美元的垃圾处理押金，这是为了应对近年来珠峰环境污染的问题。想依靠自己的力量攀登珠峰是绝无可能的，不仅因为没有后勤保障安排，而且这也不被允许。尼泊尔政府为了保证登山安全，降低登山死亡率，明文规定禁止独立攀登珠峰以及其国家境内的其他高峰。此外，规定里还禁止双腿截肢的残疾人和盲人登山者进行攀登，外国登山者必须在一名向导的陪同下登山。

而中国国家体育总局登山运动管理中心规定：自2018年开始，专业登山队员和满足条件的探险爱好者，每年进入珠峰核心区的人数被严格控制在300人左右，而且仅限春季登山，其他季节是禁止进入珠峰核心区的。而在2019年，我攀登珠峰的那年，尼泊尔政府共给381名登山者颁发了攀登许可证。

攀登珠峰主要分为两部分费用，一是报名费用，二是自费部分。

报名费用：约45万元/人（中国北坡）；约30～34万元/人（尼泊尔南坡）。

自费部分：装备费3万元、往返交通1万元、大本营工作人员及登顶小费1.5万元、保险费0.5万元等。

其他的费用还包括额外雇佣夏尔巴人费用、额外氧气瓶费用、直升机救援费用等，登山公司一般会列出详细的额外费用清单，像珠峰南坡的每项活动都是明码标价。如雇佣负责营地固定横梯和路绳维修的“冰川医生”修路工，费用为600美元/人；上网费用为300元/G；攀登者和夏尔巴向导数量一般为1∶1的比例，如果攀登者需要更多的向导协作，增加一名夏尔巴向导约8000美元；增加一瓶氧气，约为550美元等。

登珠峰的路上有很多冰裂缝，需要冰川医生去修路，这在以前是收取费用的，现在是包含在报名费中，政府会派冰川医生一路修到顶峰。如果要获得登山过程中的气象服务，同样需要支付费用。

而最贵的额外费用要属直升机救援费用，在海拔7300米的C3营地出动直升机救援，费用一架约为7000美元，如果是去更高的海拔，难度更大，费用也会更高。不过当到达C3营地后，气候恶劣，直升机也很难达到更高的高度进行救援，所以有钱并不代表能抵达世界任何的角落。

至于小费，虽为非必要费用，但这是一个不成文的规定，无论是否成功登顶，通常都要支付给夏尔巴向导1500美元左右的小费，而大本营的背夫、厨师等后勤团队也会需要约300美元小费。

（2）登山公司的选择

尼泊尔作为一个经济落后的国家，旅游业算是其支柱产业，每年依靠登山就可以创造至少约3亿美元的收入。在金钱面前自会出现参差不齐的服务质量，如春笋般兴起的登山公司也使这个行业变得鱼龙混杂。选择专业的登山公司不仅决定你是否能成功登顶，更关乎你的生命安危。

欧洲公司花费普遍较贵，价格大概在6万～8万美元之间，攀登者可以有特殊的要求，或者指定经验丰富的高山向导。这些向导与攀登者之间没有语言交流障碍，受过荒野医学培训，甚至是小有名气的登山家。而尼泊尔当地为了抢占客户，价格相对便宜，在5万美元左右。

而很多低价的登山公司，价格决定服务质量，很多登山的关键设备如氧气瓶，可能是质量残次品或旧货市场淘来的二手次品，都会影响登山者的安全甚至生命。所以，要综合对比登山公司的名气和质量，切勿被低价影响判断。

不过尼泊尔官员也已经表示，当局可能会对法律进行修改，对登山者和登山公司的资质提出更高的要求。

2. 费用筹集

对于普通人来讲，攀登珠峰是一笔不小的费用，甚至够得上在三四线城市买一套房的价格。所以很多攀登者便是在这一步遇到了阻碍。

（1）自筹

自筹费用的比例要根据自身的情况筹划，可以是日常工作的收入积累，也可以是兼职的收入。像我本人自大学起便开始做网球教练，积攒了人生第一桶金。自从有了攀登珠峰的计划，我便做好财务规划，体能与资金都与日俱增。

（2）品牌赞助

自筹费用如果不足，还可以寻找品牌进行赞助。作为户外达人，我创建并经营自己的视频号、微博、公众号等互联网矩阵，并有了一定知名度。

要拉到品牌赞助，可以说是要投其所好。符合品牌的调性，能给品牌带来多方位大量的曝光度，那么拉到赞助的可能性会上升很多。其次，做好自己的商业项目计划书，内容包括项目内容、目的、图片、数据、项目效果等。

致谢

7年前，我从亚马孙热带雨林徒步穿越回来，结识了这本书的编辑、我的好友王婧女士；4年前，当我完成了30岁前登顶珠峰的梦想，我们开始策划这本书。此中过程不乏曲折，在此，我要特别感谢她的用心与坚持，还要感谢在此书组稿过程中给予我帮助的朋友孙鹏博、靳婷婷与刘文。

最真挚的感谢送给我的家人，他们数年如一日的无条件支持，是我追逐梦想的最大动力；还有始终陪伴我的户外兄弟与奋战在救援第一线的蓝天救援队队友们，他们是我一路走来的精神支撑。

在书出版之际，我入职母校华北科技学院担任体育学院教师，这像一个轮回——当年还是学生的我从这里出发，在路上遇见梦想；如今又回到这里，作为教师为年轻学子传播梦想的力量。感谢我的母校，悉心培养我们，并以极强的社会责任感，成立蓝天救援队分队，力求为社会做出更多的贡献。

此外，我还要感谢为此书撰文推荐的王石先生、夏伯渝老师、王静女士与韩勃主席，他们都是我非常敬重的前辈，还有协助沟通的各位朋友，感谢他们对我出书的支持。

漫漫人生路，我深知，登过珠峰，还会有下一座山。步履不停，愿我们始终保有勇往直前的信念和勇气。

作者

2023年3月

1953 年 5 月 29 日

新西兰人埃德蒙 · 希拉里和他的尼泊尔夏尔巴人向导丹增成功登顶珠穆朗玛峰成功，人类第一次看到了珠峰山顶的风景，这次使用的珠峰标高是 8840 米。

1956 年 5 月 23 日

瑞士登山队埃 · 施米特等队员在大批尼泊尔搬运工和向导的支援下，于 5 月 23 日，先后分两个结组登顶珠峰，所用珠峰标高是 8848 米。

1960 年 5 月 25 日

中国登山队首次向珠峰发起冲顶，王富洲、贡布、屈银华三名登山队员将五星红旗稳稳地插在珠峰峰顶上，完成了人类历史上首次从珠峰北坡登顶的壮举。

1963 年 5 月

美国登山队从尼泊尔境内的珠峰南坡登顶成功，两次冲顶共有六人登顶成功，这是世界上登上珠峰的第四个登山队。

1965 年 5 月

印度登山队先后共四个梯组从尼泊尔境内南坡登上珠峰顶峰，所用路线是英国、瑞士等队的老路线。

1970 年春

日本珠峰登山队分两组对珠峰进行突击，新路线登顶失败，传统路线登顶成功。

1971 年春

由欧洲英、法、意、奥、瑞士和印度等十一个国家的登山运动员联合组成的“国际珠穆朗玛峰登山队”沿珠峰南坡西南山脊路线登顶成功。

1975 年 5 月 27 日

中国 9 名国家登山队员成功登顶珠峰，并对珠峰进行了高程测量，得出 8848.13 米的标高。

纪念人类登顶珠峰70周年

一旦珠峰被确认为地球的最高点，那人们决定登上它就只是时间问题。……作为颇具影响力的登山家和早期喜马拉雅登山史的见证人，风瑟·迪伦弗斯说过，登临珠峰是“全人类共同努力的目标，是一项无论付出多大代价都不能退却的事业”。

——乔恩·克拉考尔｜《进入空气稀薄地带》

2005　2020　2023

2005 年 5 月 22 日

中国登山队再次登顶珠峰，对珠峰高程进行复测。在精确测出雪层厚度后，得出珠峰的新高度为 8844.43 米。

2020 年 5 月 27 日

中华人民共和国自然资源部第一大地测量队和中国登山队再次强强联手，在中国和尼泊尔两国科研专家的精诚合作下，珠峰高程权威数据最终问世。2020 年 12 月 8 日，汉语和尼泊尔语同时向世界宣布了珠穆朗玛峰的“新身高”——8848.86 米，地球之巅从此有了新的注解。

2023 年 4 月

为纪念人类登顶珠峰 70 周年，《珠峰在望——当人生置于希拉里台阶之上》出版，向所有不畏艰险的攀登者致敬。